NK INK INK INK INK INK IN
K INK INK INK INK INK INK
NK INK INK INK INK INK IN
K INK INK INK INK INK INK
NK INK INK INK INK INK IN
K INK INK INK INK INK INK
NK INK INK INK INK INK IN
K INK INK INK INK INK INK
NK INK INK INK INK INK IN
K INK INK INK INK INK INK
NK INK INK INK INK INK IN
K INK INK INK INK INK INK
NK INK INK INK INK INK IN
K INK INK INK INK INK INK
NK INK INK INK INK INK IN
K INK INK INK INK INK INK
NK INK INK INK INK INK IN
K INK INK INK INK INK INK
NK INK INK INK INK INK IN
K INK INK INK INK INK INK
NK INK INK INK INK INK IN
K INK INK INK INK INK INK

LINK
06

動物怪譚

Animal Crackers

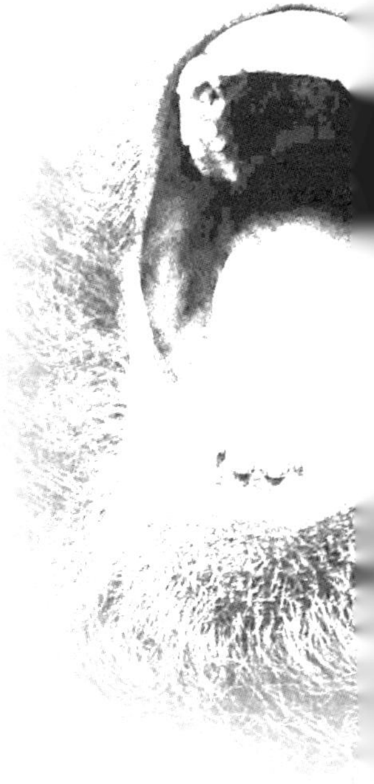

Hannah Tinti
漢娜・亭蒂——著
黃正綱————譯

目次

【導讀】

人獸之間

紀大偉

《動物怪譚》的英文書名爲「Animal Crackers」，也就是大象、小貓等等動物形狀的小餅乾，在美國常用來給兒童當零嘴（這在台灣也找得到）。不過這種乍聽可愛、童趣，讓人聯想美國樣板式美好家庭的書名，掛在這本異常黑暗的小說集上，顯然是個反諷。這本小說集收錄了十一篇短篇小說，其中大約有八成的篇章聚焦在「動物」身上，不過完全沒有「動物小餅乾」的可愛童趣，沒有美國式樣板家庭的柔焦歡快。恰恰相反，這些小說展現的全是（在心靈、在肉體、在家庭生活）支離破碎的人類——這本小說集究竟還是主打人類，動物只是陪襯。

我認爲「Animal Crackers」這個書名還有另一種解讀法。「Crackers」不但是「小餅乾」，也是美國黑人咒罵白人的詞——白人罵黑人「黑鬼」（nigger），黑人則罵白人「白鬼」（cracker）。這本小說集的確以白人爲主，有色人種在書中的分量有限。於是，「Animal Crackers」也就可以解讀成「像動物一樣的白人們」。在書中，動物看起來眞的像人類，而人類活得像畜牲。

但我也要馬上澄清，我並不輕易延用「動物有人性，人類有獸性」這種在日常語言（在中文、英文都一樣）大規模流行的修辭。這種修辭飽含簡化的道德判斷：有人性的動物是「升級」的，像人類一樣高貴，懂得回饋愛意；獸性的人類是「墮落」的，縱情食色，不顧人倫。也就是說，人性爲貴，獸性下賤。然而，《動物怪譚》並沒有採用這樣的道德判斷。

先說書中的動物如何像人。書中各種動物大致在人造（而非純天然）的情境跟人類共處，或跟人類較勁：除了被人關在家裡當寵物之外，牠們被關在動物園裡，就算在野外也被人狩獵。也就是說，動物變成收藏品、展覽品，或獵物——當然這樣的動物處境，我們早就不陌生了。不過我想提醒，牠們這樣的處境，很像是現代人類的處境：我們（尤其像上班族、家庭主婦／夫、學生、軍人）也多半被人收藏、被人捉拿、被人展覽（書中有個角色眞的希望自己死後的屍體可以當作藝術品展出，而這樣的人屍藝展也的確在當前美國風行）——總之，大多數的我輩就像畜牲一樣，沒有自由。而書中動物失去自由的反應，是漠然以對，或任憑宰割，有時候任性發點脾氣，就跟被現代文明馴服的現代人一樣。一般認爲，動物像人，就意味動物向上提升，變得高貴——可是在本書中，動物像人，卻跟高貴無關，而是變得跟現代人一樣悲慘。

書中的人像動物，但這並不意味角色卑賤（本書並沒有人貴獸賤的常見偏見），也不表示角色長得像動物。中國著名的藝術家李小鏡創作了一系列人獸合體的肖像，甚至組成十二生肖，肖像中的人臉都像禽獸。可是本書並不像李小鏡的畫作一樣淺白；本書不用簡單的譬喻（如「此人有馬臉」之類）。簡單地說，本書角色像動物一樣受苦：他們好像關在豬圈裡，無助、虛無彷徨、任人宰割，身體／心靈／家庭／學業／事業支離破碎，活得沒有尊嚴。這回事，我們在日常生活中也可以發現。身心殘障者就常常不被當作人類——如，在當今台灣，心智不同常人的人會被家人用鐵鏈鎖在籠子裡。在電視電影流行之前，各國流行以馬戲團取悅大眾；馬戲團往往展示異國動物、侏儒以及其他各式各樣的「畸形人」——這些「畸形人」往往正是身心殘障者。在蔣經國時代曾經風行的勵志傳記《汪洋中的一條船》中，肢殘的作者鄭豐喜就說，他年幼時曾經和猴子一起在街頭耍猴戲，以此維生。

「像畜牲一樣」這個說法至少有兩個意思，比較通行的意思就是罵人語；比較少爲人用的意思，卻是當今倫理學（ethics）的重點課題。第二種意思貫穿全書。在第二次世界大戰期間，德國納粹大規模屠殺猶太人、吉普賽人、身心殘障者、同性戀者等等，理由就是這些人並不值得當人看，所以要全數關在集中營裡（像關畜牲一樣），並且用很有效率的方式屠宰（像在宰雞場一樣）。這個巨大的歷史創傷（trauma）讓人思索：爲什麼有些人類會不被當作人類來看待？相關的思索也就成爲討論人權的基礎。然而過了半世紀，某些人類還是把其他人類當作非人類，剝奪他們的基本人權——美國小布希總統任內將大量的「恐怖份子嫌疑犯」（阿拉伯人爲主，也含中國人）送到美國境外的「關塔那摩灣」（Guantanamo Bay，位於古巴島上）關起來。這些被關的人，像畜牲一樣關在籠子裡，完全沒有人權（沒有行動自由；沒有通訊自由——他們不得跟家人通信；沒有上法庭就被關——不知這些人是否無辜；沒有律師）。其實就算是外國人，只要人在美國的土地上，就自動享有基本的人權；可是，小布希政府卻辯稱，因爲關塔那摩灣「不在美國境內」，所以美方在那裡就不必顧及人權。小布希政府忽視人權的態度（歐巴馬還在爲關塔那摩灣收爛攤子），在這好幾年來一直飽受美國知識分子批判。《動物怪譚》事實上就是在這個歷史框架中產生的美國小說，思考人類變成非人類的問題。

動物像人類，人類像動物，那麼人類和動物之間還有沒有別的交集？有些讀者可能聯想起人獸戀（如，日本導演大島渚的電影《馬克斯，我的愛》展現人類和猩猩的愛），甚至人和畜牲的性關係（這種笑話在美國很多）。人獸戀的故事對我們來說並不稀奇，各個版本的《白蛇傳》就是老生常談。然而妙的是，《動物怪譚》中幾乎沒有人獸戀或人獸性愛的情節——這種性與愛，在書中是不必要的。書中的人類和動物就是完全意外地湊合在一起，雞兔同籠一般，就像是一起住在動物園裡面一樣——就算是人聲鼎沸的市集，也像動物園。

人獸之間，如果沒有愛沒有性，如果人獸同籠完全出於機運，那麼人獸之間究竟有什麼？我發現，「人獸之間有什麼」就是本書一再提出的問題：本書的多個角色常常突然陷入「愣忡」，暫停動作，好像進行思索或放空；各篇小說的懸疑感就在這些暫停點上，而且，小說的結尾也往往停留在這種「愣忡」的靜止時刻。我認爲這個「愣忡」時刻就是諸多角色察覺「人獸之間有什麼、是什麼」的時候——他們可能甘願也可能不甘願，發現他們作爲人類，跟獸類已經沒有什麼距離。

（本文作者為美國康乃迪克大學外文系駐校助理教授）

動物怪譚

洗大象的時間到了。約瑟夫已經把軟管拖出去，我正設法把瑪麗蘇趕出籠子，帶到我們平常幫牠洗澡的空地。喝！我一邊吆呼，一邊拿掃帚戳牠。我得當心，我已經一腳跨進了危險地帶──瑪麗蘇曾經把整個身體重心往上一任管理員的腳上一挪，把他的腳骨踩得粉碎。我想像我前妻掀起大象的巨耳，向牠耳語：踩那邊。

我剛來的時候，工作人員請我喝啤酒，一面給我看他們身上的傷疤，他們說這是遲早的事。他們說當心點，照顧動物的人身上一定會有傷疤。

約瑟夫說，大動物就好像大問題。他想必體會很深，因爲他自己就吃過苦頭──當時他才十八歲，跟著軍隊到了柬埔寨；約瑟夫說，他倒是平安歸來，只不過一隻手被馬戲團的塞內加爾獅吃了。他的手肘末端還留著一小截殘臂，會上下轉動。約瑟夫和我一樣，也有過老婆，他老婆後來跟一個也是從柬埔寨回來的大兵跑了。約瑟夫說，是他自己的錯，他並不怪那隻獅子。

天氣熱得很，我穿著連身工作服，不停地冒汗。我們刷著瑪麗蘇的腿，約瑟夫說了另一個故事，這次是關於他的軍中同袍艾爾（不是開車載著他老婆在夕陽中揚長而去的那個大兵）。我聽著他敘述熱帶叢林的種種，一邊拿水管往泥地上沖，好弄出一些泥巴來──瑪麗蘇喜歡在泥巴裡打滾。牠掏起一把泥巴，甩到背上，我拿起長柄刷幫牠把泥巴抹開。瑪麗蘇看看我，嘴巴張著，我想牠是在說謝謝。

約瑟夫的同袍艾爾駐紮在金邊一帶，養了一隻鳳頭鸚鵡，是他用一塊錢在路邊買來的。那鸚鵡會停在艾爾的肩膀上拱著羽毛嘎嘎叫，不過大多數時候，那鸚鵡只是東張西望，交互踩著兩隻腳左右移動。艾爾教鸚鵡聽他的口號拉屎。他讓鸚鵡飛到朋友的身上拉，開朋友的玩笑；或飛到他不喜歡的人身上拉，那又是另一種不同的玩笑。

一天，艾爾和約瑟夫到酒吧裡喝酒，鸚鵡本來在旁邊飛來飛去，突然就停在艾爾的肩上，老實不客氣地拉出了幾團亮晶晶的白漿來。牠從來沒做過這種事，約瑟夫哈哈大笑，艾爾卻只呆坐在那裡，看著那坨東西從他的迷彩服上滑下去。他說，我快要死了。結果眞的，有人在他的摩托車上裝了詭雷，他一發動就爆炸了。約瑟夫說，那之後他看到鸚鵡不停地飛，四處找牠的主人；最後約瑟夫再也受不了，拿東西把鸚鵡從樹上砸下來，砸斷了牠的脖子——那時候他兩隻手都還在。

我看著約瑟夫，想知道他的感受，但他看來已經不再生氣了。他用一塊海綿擦拭瑪麗蘇的腳，說海牛的蹼上也有同樣的圓趾甲；他說，跟大象親緣最近的就是海牛了。我設法想像瑪麗蘇漂浮在水中，突然好像一點重量都沒有的樣子。約瑟夫說，大象能一口氣游好幾英里，不知道爲什麼，牠們就是知道自己不會沉。

珊蒂負責管理猴舍，她是個很漂亮的女人——如果你看她左臉的話。當她轉過臉來，你就會看到她滿是皺褶的皮膚，和一道歪歪扭扭、從臉頰一路延伸到下巴的白線，那是她被大猩猩咬掉一口的地方。那道疤剛好掠過她嘴角，所以她一笑起來，臉上的皮膚受到牽扯，看起來彷彿還被什麼東西拉住似的。

珊蒂大學念的是生物和動物學，畢業後她的教授聘用她當助理，前往非洲叢林做研究。她自認爲在這方面很擅長，因而做了一些不該做的事，例如太靠近一隻剛出生的大猩猩，結果猩猩媽媽從灌叢裡衝出來，一口咬住珊蒂的臉不放，直到同行隊員開槍把猩猩媽媽射死爲止。珊蒂醒來時，發現自己在一家醫院裡，醫生們一邊咋著舌頭，一邊把她已經見骨的皮肉縫合回去。

我們約會過一次，我請她吃晚餐、看電影，然後一起去喝了點東西。她告訴我，她以前的男朋友跟她做愛時，會要她把頭轉向一邊，這樣就用不著看著她的疤。她這些話讓我很不自在，就像有些人跟你剛認識沒多久，就把他的祕密都告訴你，讓你覺得好像對他有責任似的。喝完東西，我送她回家，就趕快逃之夭夭了。

* * *

麥克負責照顧海獅——喬治和瑪莎。他是詩學碩士，在這裡做刷洗水槽的工作已經七年了。他每天中午有一場表演，喬治和瑪莎在水面上擺動身子時，他就把桶子裡的魚丟給牠們。表演結束後，要是老闆不在，他就會向觀眾兜售他的小詩冊。

一天傍晚，我們倆捲著褲管，讓腳泡在海獅池裡，一起喝著一瓶杜松子酒。麥克告訴我他和幾個老友在墨西哥海岸夜潛的經驗。他說，天黑之後跳進海裡，就像踩進墓園一樣，一路往地底墜落，不斷撞到棺材和屍體，同時感覺到那些早已滲進土裡、東一塊西一塊的迷失靈魂全都來找你。他說，他打死也不再夜潛了。

麥克他們帶了水下照明燈，想看看海底的東西。他們把螢光棒綁在自己的氧氣筒上，每人一個顏色，有綠的、黃的、紫的。他們握緊自己的潛水面罩和調節器，往後一倒、潛入水中。

一群人下潛了八十呎左右，就讓海流帶著他們漂。海中的小蟲子追著他們的照明燈蜂擁而來，麥克可以感覺到那些不小心跑進他潛水衣的小蟲子，在他皮膚上蠕動。他看到了巨型的龍蝦、水母、魟魚、鯊魚，還有許多他叫不出名字的怪東西，那些只在夜裡出沒的生物。

麥克把照明燈往下掃，就在光線所及的盡頭，有一片龐大的鱗狀物體彷彿永無止境地從下面通過，像是一隻巨蝠魟的鰭翼，又像什麼東西的弧形尾巴。那生物就在他底下徐徐翻動，身上還垂掛著一些東西——可能是脊椎動物，也可能是水蛭；海底的岩屑都被牠翻攪起來。麥克努力讓自己不要驚慌，他把燈關掉，好像自己偷窺鄰居被逮著似的，在水中靜止不動了一會，然後開始拚命往上游。

為了安全起見，他在三十呎深處停下來，以免引發潛水夫病。他打開照明燈往身後照，只見到一尾小鰻魚，還有一群魚，接著看到一根發出綠色光芒的螢光棒緩緩朝他游來，他才大大鬆了一口氣。他和朋友會合後，一起來來回回地踩水，等另一位伙伴跟上，他們看得到他在遠處的紫色螢光。

那個伙伴一直沒有靠近，他們開始緊張了，決定過去找他。他不在那裡，他們看到的只是他沉到海床上的氧氣筒，上面的螢光棒在水中擺盪，猶如狂風中的風向標。他們回到船上，他也不在那裡，這時，他們的氧氣也用完了，只好以無線電求救。麥克利用浮潛呼吸管和照明燈繼續搜尋，但是不敢離船太遠。他們始終沒有找到遺體。

麥克把空酒瓶往水池扔去，好一會兒我們倆都不發一語。我用手指圈著欄杆，心中想著明天又會有一個個小孩把臉貼在玻璃上。我們又靜靜坐了一會兒，麥克才涉水下到池裡，把酒瓶撈回來。

我們每天都會聽到有關動物的故事：小強尼被蜜蜂螫了，出現心跳停止；湯姆表弟的腳趾頭被蛇咬了，開始萎縮；雪莉阿姨被一群狗從街頭追到巷尾，還好路邊停著一輛車子車窗開著，她鑽進去把車窗搖上，看著那些狗在外面打轉，用前腳抓車門，溼潤的鼻頭在烤漆上留下一道道霧痕。這些故事應該要能叫人提高警覺的。

約瑟夫開始刷瑪麗蘇的腳底。他拍了一下瑪麗蘇的膝蓋下方，瑪麗蘇就自動把腳抬起來，彷彿約瑟夫的手指在告訴牠一件很重要的事。我知道現在最好不要突然有太大的動作。瑪麗蘇看我的眼神，好像以爲我會攻擊牠似的，因爲這正是別的動物有可能趁虛而入、而牠來不及保護自己的時候。相對於牠龐大的身軀，瑪麗蘇的眼睛顯得好小。牠的長鼻一直在約瑟夫背上摸索，想弄清楚他正在對牠做什麼。

約瑟夫說，野外的象群覺得受到威脅時，會圍成一圈，把年幼和體弱的大象包圍在中間。我不禁想著，不知道瑪麗蘇有沒有家人，牠們是不是曾經想要救牠、不讓牠被人類打上標籤運走。我腦海出現一個畫面：那些大象正用力刨著地面、準備衝刺，瑪麗蘇則忙著找一條牠可以抓住的象尾。

安在售票亭工作。她的貓咪臭臭每天都跟著她來上班，她在腳邊放了一個小籃子，讓牠睡在裡頭。臭臭身上光禿禿的沒有毛，前後兩條腿之間垂著一層皮，像老先生包尿布一般。安說臭臭救過她一命。

她告訴我，九月的一個夜裡，她從睡夢中驚醒，看見房裡有一束眩目的光，床也在不停震動。她起初以爲是地震，但是，她接著感覺到自己的身體浮了起來，開始往窗口飄去；這時，窗框也飛了起來，窗簾也扯掉了。安說，她接下來感覺到一陣像凍傷之前會有的刺痛，然後僵麻的感覺就從手指頭、腳趾頭一路通過大腿、肩膀，往心臟蔓延過去；她想喊，可是喉嚨漲得緊緊的，喊不出來。

這時，臭臭跳上窗台，嘶嘶地發出吼聲。安說，那時牠身上還有毛，是橙黃交雜的虎斑，此時都豎了起來，猶如一根根尖銳的針插著那束強光。臭臭齜牙咧嘴的；安還說，那束光從牠眼底反射出來，強烈得就像有兩道雷射從牠眼睛裡射出來一般。突然間，一切又回到黑暗中，安跌落地面，後腦勺撞上床頭桌。她抓起地上的碎布毯裹著自己，爬到床底下，滿懷驚恐地躺到天亮。天亮之後，安鼓足勇氣爬了出來，發現窗口還開著，窗外的矮樹叢裡有窗簾的碎片；臭臭則全身變得光禿禿的，躲在衣櫃裡的一堆髒衣服底下發抖。

安如果沒在園裡收門票，就是到全國各地參加「遭外星人劫持者大會」去了，她會帶著她心愛的貓咪一起去，緊緊抱著牠光溜溜的身軀，像那是唯一的眞理。不管去哪裡，安一定帶著牠。我透過窗玻璃看著熟睡的臭臭時，想到了「奉獻」這兩個字。我知道安很擔心有一天要是臭臭走了，她會怎麼樣；怎能不擔心呢？安很清楚一個人過活是什麼滋味，而且如果臭臭走了，那束光又來到她房間裡，當她被拉出窗口的那一刻，她心中會很清楚地知道，這次她會被帶走，是因爲這世上再沒有誰對她的愛深得足以阻止這一切。

我抓起一把紫苜蓿舉在空中，瑪麗蘇的鼻子伸過來，從我手中把紫苜蓿捲走；放進嘴裡之後，牠又回頭來看還有沒有。牠的長鼻在我手掌上來回搜尋，好像在看我的生命線有多長似的。

約瑟夫說，大象懂得透過摸骨來辨認親屬的屍體，牠們可以把遺骸翻來翻去好幾個小時，不斷輕撫顱骨的弧度；有時候甚至會帶著一些屍塊上路，走上好幾英里才捨得放下。

伊可是這裡的園主。我還滿喜歡他的，這裡的大多數員工也是。他也有自己的故事，我來面試的時候他就告訴我了。伊可問我有沒有照顧動物的經驗，我跟他說我能跟狗溝通。有一隻臘腸狗躺在他腳跟旁睡著了，我說：看我的；然後便從喉嚨深處發出低吼聲。那狗根本連頭也不抬起來看我一眼。伊可說：你是眞的很需要這份工作呢，還是你根本就是瘋子？我說：我很需要這份工作。他便說：那好吧。

伊可是半個愛斯基摩人，他在阿拉斯加的烏納拉克立特長大，就在白令海附近。那裡的男人很多都在鑽油平台工作，一去就是好幾個月，即使女人和小孩都還留在村裡，村子仍然感覺像死城一樣；不過，這也讓伊可有了很大的自由。他喜歡跟年紀比他大的男孩一起玩。每年的艾迪塔羅德狗拉雪橇大賽都會從村子裡經過，每當這個時候，村裡的小孩都樂瘋了。大家忙著做雪橇，再把歪七扭八的雪橇設法套到家裡的狗身上，狗兒通常只會把那些孩子撞倒，然後跑走，接下來一整天就拖著一堆七零八落的鐵片到處跑。

爲了解決這個問題，伊可的朋友喬治想了一個辦法：他把自己的小弟先綁在雪橇上，再把雪橇套到他們家的狗身上；那是一頭年幼的哈士奇，本來就很愛逃跑。結果，那狗飛奔而去，後面拉著一路驚呼的喬治小弟，伊可和喬治只好循著足跡追過去。追了一英里，正準備翻過一座小丘，卻看見地上有一頂小藍帽，是可以綁在頷下的那種帽子。伊可撿起帽子，和喬治兩人往小丘上走去，一越過丘頂，就見到一頭北極熊正在挖喬治小弟的內臟，而那狗已經被撕爛了——雪地上都是血，雪橇則翻倒在一旁，繩子還鬆鬆地掛在哈士奇的脖子上。喬治尖叫起來，北極熊轉過頭來，口鼻上溼溼的都是血；夠了——伊可拔腿就跑。

跑了十呎左右，喬治就越過了他；喬治年紀比他大，真要跑起來快得像飛一樣。伊可感到兩塊肩胛骨之間的後頸處有一種異樣的感覺，他知道北極熊追上來了，那感覺簡直就像他可以看見北極熊伸出手來把他推倒。伊可腳下不穩，往前撲倒，兜臉栽進雪地裡，嘴唇在雪中陣陣刺痛。他一動也不動，可以感覺到北極熊笨重的身軀正嘎吱作響地踩在他身旁的細雪中，於是他失禁了，尿了自己一身。

伊可聽見鼻息聲，從腳底開始，往他的兩腿之間噴氣。那鼻子在他身上到處遊移，又喘又吸地嗅個不停，漸漸靠近耳邊的時候，聽起來就像有人正準備要向他透露什麼祕密似的。伊可感覺到北極熊溫熱的氣息，於是閉上了眼睛。他的連指手套和外套袖子之間有一小截手腕露在外面，沾了雪，讓他想起那時在火爐邊，覺得這圈皮膚又紅又癢。當時他媽媽正在給他煮燕麥粥吃，還有當她不覺得寂寞的時候就會玩湯匙，把兩支銀湯匙背對背握著，喀啦喀啦地敲著膝蓋，然後又沿著指縫往下敲，一旦敲出個節奏了，她就跟著唱起歌來。那鼻子又遊移到他胯下了。他聽見北極熊走開的聲音。

伊可繼續在雪地裡趴了很久，當他再度抬起頭，已經是薄暮時分。遠遠地，他看見有一輛雪車來了，可是身子動不了。伊可跟我說，有時候你會經歷一些事，之後這些事就在腦海裡糾纏你一輩子，你努力把那些畫面關在外面了，下次它回來的時候卻是更加鮮明，變成一種揮之不去的不安、一個沒有答案的疑問，你只能再重新經歷一遍當時的情景。

瑪麗蘇喜歡我摸牠的舌頭，那是一大團嚇人的肌肉，我用手在那上面磨蹭的時候，盡量不去想牠可能把我整條手臂吞下去。還好我用左手，心想失去左手總比失去右手好些。我拿起水管，往瑪麗蘇的側面淋下去，這是最後一次沖水。水珠垂掛在牠皮膚皺褶裡長出來的又粗又黑的毛上，不停地滴下來。當天晚上我又想到了那些毛，那時我已平安無事回到家，洗了個熱水澡把白天的動物氣味都沖走，跨出了淋浴間。我用毛巾揩過腋下、胸前，順著兩條腿擦下去，擦到腳趾，再仔細把每個趾縫徹底擦乾；這時我又想起了前妻：踩那邊。

我在拉斯維加斯的一間酒吧認識她。她去那裡參加一個會議，一場專為越戰時期曾在流動醫院服務的護士舉辦的聚會。我那時在酒吧裡倒酒。她告訴我她曾經在一間餐廳裡用牛排刀和原子筆救了一個傢伙一命，說她如何在兩道菜上桌的空檔替那個人進行氣管切開手術。她喝著馬丁尼，我看著她的喉頭，那上面的腺體收縮著，沿著她頸子滑動。把那個人切開完全靠直覺，她說。我靠過去，越過吧台吻了她。

我們到免下車的婚姻登記處登記結婚，當天租了一輛敞篷跑車，帶著東西去野餐。她戴一頂白色棒球帽，帽子後面用釘書針釘上頭紗。結束後我們開著車通過胡佛水壩，在壩頂時她站起來大嚷大叫，裙子飄上來在腰際亂舞，口紅都掉光了。她已經離過婚，就一次。我們剛開始交往時，我經常在長途電話中拿這個開她玩笑；不過，當我說服她把工作辭掉、展開新生活，搬來跟我同住的時候，她要我答應不再提這件事。我不要別人提醒我什麼，她說；我跟她說，就是爲了這個大家才要結婚啊！

我們的女兒名叫莉安，是個唐氏症小孩。雖然老婆沒說什麼，但從她嗤之以鼻的神情，我看得出來她懷疑是我中西部人的遺傳在作祟。她離開我的時候，把莉安帶到新墨西哥她父母那兒，後來我每個周末都要開車過去，在他們家門廊裡把女兒抱在大腿上，尷尬地待上幾個鐘頭。我到附近的汽車旅館投宿，星期一早上才開車回拉斯維加斯，沿途沙漠從我周圍往四面八方綿延出去，感覺彷彿我是某個偉大事物的中心似的。這種時候我總忍不住想要尖叫，有時候我的確會把車窗搖下來尖叫，風就不停灌進我嘴裡。

她打電話到酒吧來告訴我，她要搬去跟她男朋友住，要把莉安也帶走。跟我一起值班的同事裡有個爲了還貸款來打工賺小費的法律系學生，他把電話接過去，告訴她必須讓我知道他們的去向；她留了一個地址，結果是假的。於是我上了公路，開到她父母家。他們不肯告訴我她在哪裡，說我不配知道。

婚後那年，我們在卡森市有一套小公寓，在三樓，是縱深狹長形的車廂式格局，長長的走廊盡頭有一扇窗，窗子底下就是太平梯。溫暖的夏夜裡，我下班回來，會從路邊跳起來抓住鐵扶手，沿太平梯爬回我們的住處。我覺得這樣很浪漫。

一天晚上，我到了酒吧，發現他們誤把我跟另一位同事都排了班，菲律賓來的瑪姬已經在倒酒了。瑪姬對天文很有興趣，她告訴我當天晚上可以看到火星，還教我怎麼認：她跟我說火星的半徑是三千三百九十七公里，繞太陽一周要六百八十七天。一回到家，我就站在公寓大樓外往天空中搜尋，果然看到一顆閃著紅光的小星星。我不禁好奇，那之外還有多少恆星與行星是我看不見的？但它們的真實性並不因此減損一分一毫。

我爬上太平梯，發現窗戶鎖上了，公寓裡也沒開燈。我用力捶窗框，想想大概只能再爬下去了，這時候公寓另一頭的門開了，走廊裡的燈光照出一個男人離開的身影。

老婆穿著浴袍來到窗前，把鎖轉開，臉上的笑容很不起勁。她把窗框推開，說：你不進來嗎？我把手伸過去摸她的臉，然後抓著她的頭往窗台上猛撞，這是那一夜我打她的第一下。我把她推進房裡，她跌到地上，撞翻了桌子和檯燈，這是我打她的第二下。第三下是我抓起她的頭髮，沿著走廊一路將她拖進廚房；第四下是我踹了她一腳；第五、第六、第七、第八和第九下，我摑她耳光，打得我手掌發癢。我想拿刀子，不過最後只拿起流理檯上的攪拌機丟過去，那是最後一下，我把她打昏了。她鼻樑斷了，血滲進了她浴袍的毛巾布。我靠在牆上喘氣，莉安在臥房裡大哭。

我在廚房的餐桌旁坐下來——我們一起吃英式小鬆糕、塗果醬的地方；我看著自己顫抖的雙手，明白我已經滿意了。後來，當她的瘀傷都已消退並離開了我之後，我坐在同樣的地方摸著自己，身上的肌肉都在痠痛，彷彿身軀曾被撕得四分五裂，又匆促地接回去。可是，在那一刻，我知道我觸碰到了某種原始而美妙的東西，讓我打從骨子裡產生共鳴。直到聽見女兒的哭聲，我的魂才回到那間公寓、那個房間，以及擺在我眼前的人生；我告訴自己：你有孩子，你得好好保重。

我聽說過大象發狂的事。我看看瑪麗蘇，不知道牠會不會也有那樣的本性。我拿起平常用來引導牠回籠子的掃帚，往牠的肋骨下重重一戳，牠噴了口氣，發出一聲低吼，我知道我把牠弄痛了。牠轉過身來，用饒有深意的眼神看著我，我上下撫摸著牠的後腿，向牠示好。牠把尾巴稍微往旁一翹，拉出了一坨大便。

約瑟夫開始收水管，用　隻手把地上的水管撿起，繞到肩頭，再用只剩一截的殘臂固定好。他說我想太多，還說，你不如換個地方工作吧；說完又似乎有點抱歉地說，他並不是想趕我走。我開始懷疑他是不是知道了，不過他還是照往常的時間下班回家，留我一個人做最後的清理工作。我把畜欄打掃乾淨，鋪上一層新鮮的乾草，供瑪麗蘇晚上睡覺。

收拾停當，我脫下鞋子，到瑪麗蘇的籠子裡平躺下來。我學約瑟夫那樣拍一下瑪麗蘇的膝蓋下方，然後把我的頭放到牠腳下。牠把腳掌擱在我耳朵上，我的臉頰感覺到水泥地的冰冷，鼻中聞到像是石頭底部泥土潮溼肥沃的味道。瑪麗蘇挪了挪牠的重心，我的頭也跟著輕輕前後滾動。我聽得見牠呼吸的聲音，在四周的牆壁上迴盪，聽起來彷彿是播音系統傳來的，一頭仍在野外生活的大象的錄音。我閉上眼睛，想像著榕樹，感覺到一股重量抬了起來。

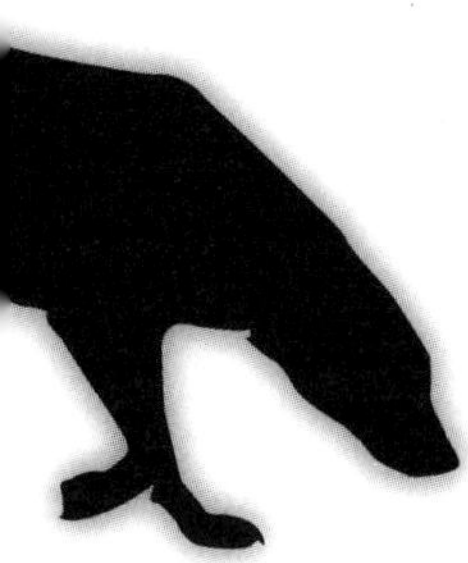

甜蜜的家

小派和克萊德遇害那晚吃的是燉牛肉。門鈴響的時候，小派剛把奶油和乳瑪琳（克萊德正在控制膽固醇）擺上桌，腦子裡想著詹姆斯・狄恩。小派少女時期迷死他了，他的每一部電影都看了不下數十次，筆記簿上寫滿他的名字，還把他的照片小心翼翼地用膠帶貼在學校的置物櫃裡，這樣她每次下了課，把法文和英文課本收進櫃子，換成下一堂課要用的科學和數學課本時，就能開心地見到他在《天倫夢覺》裡那張頹廢、陰鬱的臉龐。高中畢業時，她把那些照片拿下來，貼在畢業紀念冊的封面內頁，整個暑假無限憧憬地捧在面前端詳了好幾次。後來，她帶著紀念冊一起上麻州大學，原封不動地跟她的類語辭典和簡明大學字典擺在一起。直到認識了克萊德，算是拿到了「夫人」學位，就收拾東西，跟他一起搬到布里奇街一棟兩房的大平房去住。

那天下午，小派把肉放進烤箱之前先泡了杯茶，打開電視。第五十六頻道正在播映《養子不教誰之過》，隨著光線慢慢從他們那部老舊的「增你智」電視螢幕透出來，她見到詹姆斯・狄恩在天文館的台階上，抓著已經死去的薩爾・米尼奧腳上那雙不成對的襪子痛哭失聲。她放下茶杯，將她溫暖的指尖滑進她洋裝的V字領口，握住左邊的乳房。她的心突然開始猛跳，硬挺的乳頭頂著她的掌心。她覺得好像見到了舊情人，想起了某個自己曾經有過、如今早已不存在的部分。她看著片尾名單，瞥了屋外一眼，看見丈夫正在院子裡割草，一臉愁苦的樣子，襪子拉到了膝蓋高。

那一晚晚餐前，她一面把奶油和乳瑪琳並排在餐桌上——一塊是膨鬆的淡黃色，另一塊則硬實而深沉，像蛋黃一樣——心中一面納悶著，自己怎麼會忘了詹姆斯‧狄恩的眉毛是那樣的弧度。記憶這東西好不奇怪，她心想，原來我可以把這一切事情的感覺、把它們對我的意義忘得一乾二淨。她突然很想伸手去抓住那兩根奶油和乳瑪琳，握在手裡用力地捏，捏到手指頭全陷進去，好將它們的觸感和顏色像印章一樣深深印在腦子裡，永遠不會弄丟。然後她聽見了門鈴聲。

小派開了門，發現天色還沒黑，天空是藍的，很亮，萬里無雲，瞬間內疚感油然而生，覺得自己眞不該在屋裡待了這麼久。這念頭才剛閃過，她就往後軟倒在門廊上。一顆子彈由點三八口徑的廉價小手槍射出，穿透她的胸膛從肩胛骨下方竄出，卡在木頭樓梯上，直到塞爾斯巡官來了，才用摺疊刀將它挖出來，輕手輕腳地放進一只透明的塑膠封口袋裡。

小派的丈夫克萊德則陳屍在廚房的後門旁，手裡拿著一把刀（原先推測是用於自衛，後來判定他只是準備拿去切燉牛肉）。凶手對他開了兩槍，一槍在腹部、一槍在頭部，然後把早餐穀類片倒在他身上；幾個貴格燕麥片、玉米片和家樂氏香脆麥米片的空紙盒在他旁邊的流理台上擱成一排，那些金黃酥脆的內容物就覆蓋著他血肉模糊的臉。

沒有東西失竊。

那是個溫暖的春天傍晚，充滿了夏天快來的感覺。小派和克萊德的屍體動也不動地躺著，橙色的夕陽橫過屋裡的地板，街燈一盞盞亮了起來。隨著黑夜降臨，臭鼬搖搖擺擺地走過後院，浣熊也從樹上爬了下來，而他們仍在原地，懸浮在一段悄無聲息的鬱藍時刻中，一直到太陽升起，開始了新的一天，生命繼續著各自的進程，不等他們了。

報案的人是克萊德的母親。她住在羅德島，每個星期天早上都會撥一通電話到兒子家。這些電話總是來得不早不晚，不是碰到小派和克萊德在吃早餐，就是他們情不自禁正要開始做愛的時候。

看吧，又來了，克萊德總會這麼說，隨即端著熱咖啡往掛在牆上的電話走去；不然就是歉疚地望太太一眼，然後連忙溜下床。當然，等他講完電話，不管咖啡還是小派都已經冷掉了，他母親就這樣毀了每個星期天上午。這麼多年來，他們一向在早上親熱，但有一次，新婚不久的時候，小派正在做早餐，一聽見電話響，就走到正在看報紙的丈夫身旁，跪下來掀開他的睡袍，把他那東西含進嘴裡。讓它去響好了，她默想著，結果他也眞的沒去接。十五分鐘後，警察出現在門廊上，面帶笑容地看著克萊德漲紅著臉、睡袍凸凸的站在門口回答他們的問話。

克萊德的母親在生活中大多數方面都是個很好的人，她待人親切有禮，見到她的人往往會說：這女士眞討人喜歡。但面對克萊德，她就失去理智了，非常多疑、霸道、愛責備。丈夫死後她更是變本加厲，一走出傷痛，兒子就成了她的男人。她把某種責任感像魚鉤一樣穿過他身上，另一頭的釣線拉在她手裡，每當有快要脫手的感覺，就收線把他往回拉，時間一久，那些尖鉤已經深深嵌在他肉裡，想拔出來非痛死他不可。

她撥了三十二通電話找兒子不成之後，改打警察局，當班的巡官碰巧很好說話，因爲他自己的母親最近剛過世，於是派了一輛巡邏車到小派和克萊德住的布里奇街去。其中一位巡邏警員剛好有意在那一帶買房子，因此雖然無人應門，他們還是決定先繞到屋後去看一看，結果見到穀類片被吹得滿院子亂飛，他們覺得事有蹊蹺。由於那天風很大，門樞又剛上過油，且沒上鎖，後門完全洞開，而其中一位警員以前看過屍體——在漢諾威的一個自殺者——認得出血、腦漿和碎顱骨長什麼樣子，所以他即刻回報警局，說這邊出事了；他的搭檔則不聲不響地在玫瑰花叢裡嘔吐。

就在當天早上，米契爾太太放她的狗出門去，臨別時還憐愛地拍了一下牠的屁股，說了聲：再見。這隻名叫破壞王的拉布拉多犬把整條布里奇街當成了自己家的院子，悠閒地穿過花壇，不時停下來喝幾口灑水器的水，猛咬垃圾袋，在一塊塊剛種好的蕪菁甘藍菜圃之間大小便，沒多久，就開始在小派和克萊德家的後院挖起洞來。

草地上散落著金黃色的小薄片。破壞王舔起一片，嚼了嚼，發現是可以吃的，覺得附近應該還有，於是一路越過草坪尋去，穿過後門，到了克萊德爬滿蒼蠅的僵硬屍體旁邊，殘餘的穀類片已經在他肩膀上方結成一團潮濕軟爛的粉紅色灰泥，餐桌下的地毯全浸在血裡。破壞王在屍體周圍走來走去，留下一堆紅色的狗腳印，牠聞著克萊德腳上的拖鞋，聞到了他死前最後的氣味，跟著就蜷起身子，挨著他腳底板的那道弧窩著。

話說門鈴響起那一刻，克萊德正拿著切肉餐叉，往烤好的肉插下去，兩道肉汁汩汩湧出，沿著肉的側面流下，一直流到被盤子的邊緣攔住為止。接著，他提起切肉刀，停在半空中，等著聽他老婆和不知是哪個訪客說話的聲音。一片寂靜中，他的胃一下子變得很緊——他已經餓了。在槍聲爆發的那一瞬間，他從每個地方感受到那分震動——從牆壁、從他的眼珠、他的胸腔、他的手臂、他手上的盤子、他正要切的那塊肉、他腳上的拖鞋、從這間晚餐尚未開始的廚房。

破壞王扯下他的一隻拖鞋，咬穿了它。牠一面使勁把裡面的填充物挖出來，一面留意

crime scene
crime scene
crime sce
crime scene
crime scene
crime sce

眼前的死人——這個每次見到牠在亂咬垃圾袋、大嚼人行道旁的水仙花、在車庫後面騷擾流浪狗時，就會過來把牠噓走的傢伙。有一次克萊德逮到牠在車道上大便，就抓著牠的項圈，在布里奇街上一路拖著牠走。克萊德離開之後，米契爾太太對牠說道，狗兒，給我聽清楚了——一手撫摸著牠脖子被項圈勒到的地方，另一手用力搔著牠的屁股——你愛在哪兒大就在哪兒大。

破壞王待了好一會兒，終於決定離開房子，連那隻拖鞋也一起叼走。牠把它拖到那個牠早已挖好的洞旁，丟了下去。把洞填好之後，牠在上面來回走了幾趟，然後抬起腿撒了幾滴尿做記號。

這條狗是米契爾夫婦搬到這個社區來的時候一起帶來的。三年後，他們多了一個兒子——不是童花帽戴得漂漂亮亮的新生兒，而是個乾瘦黝黑、看不出年紀的男孩，叫做米格。布里奇街的居民都不清楚他是領養來的，還是跟著夫妻哪一方來的拖油瓶。他稱米契爾夫婦為爸媽，進了當地學區的公立學校就讀，靜悄悄地成了他們日常生活的一分子。

事實上，米格是米契爾先生的親兒子。大約七年前，米契爾到委內瑞拉出差，找了個當地的妓女，在不知情之下留了種。後來，孩子的媽搭公車，在卡拉卡斯城外的公路上出了車禍，全車五十四個乘客無一倖免，當地警方根據她夾在聖經裡的一張褪色名片，找到了米契爾先生。經過血緣鑑定之後，男孩帶著一條破爛毛毯，和一只裝滿了他的寵物雞的行李袋，抵達了洛根機場——那些雞當場被海關人員沒收了。米契爾先生在一二八號公路上駕著旅行車，對於自己突然當了爸爸感到既驚訝又惶恐；一面設法安撫這個泣不成聲的男孩，同時想不通他在飛機上是怎麼讓那些雞乖乖不出聲的。

他們開上車道時，穿著連身工作服的米契爾太太已經拿著一杯加了糖的溫牛奶在那兒等他們。她將男孩一擁入懷，接著立刻抱他進浴室，讓他坐在洗手台上，替他把臉、手、腳、膝蓋都洗了，還趁他喝牛奶的時候，用毛巾輕輕地擦他耳朵後面。洗乾淨之後，她帶他到客房的床上去，幫他蓋好被子，然後把一疊她在當地書店訂購的西班牙文版《好奇猴喬治》讀給他聽。她翻開小猴子在醫院裡讓護士打針的那幅圖畫給他看，但這時孩子已經睡著了，一根指頭勾著她工作服上的腰帶環。米契爾太太繼續靜靜地坐在床邊，等到他翻過身去、鬆了手為止。

米契爾先生是在北加州的一間加油站初次遇見他老婆的，兩人的車碰巧停在一起。他當時剛拿到商科學位，開著租來的車北上參觀位於海岸的奧林匹克雨林；她開的則是一輛掛了俄勒岡州車牌的小貨車。兩人都下了車，開始加油。米契爾先生先加完，付了帳，走回他的車，看著她把油槍放回去時，那肌肉隆起的粗壯手臂。她眼睛往上一瞄，發現他在看她，笑了笑。她長得並不漂亮，可是那顆往旁邊凸出來的牙齒還眞迷人。她有一種自信的神氣，給人做事很俐落的印象，他相信她一定是那種遇到任何問題都有辦法解決的女人。他發動車子，把車頭轉往離開加油站的方向，望了望後視鏡，看見那輛小貨車開上了和他相反的路。眼看著它愈開愈遠，他感覺到一股很大的力量在拉他，於是調頭跟了上去，一跟就是六十英里。

到了休息站，他假裝很驚訝又見到她；後來才知道，很多人都跟蹤過他老婆，而且發現她對這種事早就習以爲常、並不覺得奇怪。不管是在購物中心內、電梯裡、候診室裡、等紅綠燈時、音樂會上、咖啡店和小酒館中，她都遇過完全不認識的人無緣無故就來跟她搭訕。在遊樂園外，有個老人家抓著她的臂膀，低聲說起他那個被人殺害的兒子；在海灘上，一個背了三個小孩的婦人大剌剌地把她的毯子直接放在夫婦倆的毯子上，攤開手腳躺在米契爾太太旁邊，然後放聲哭了起來。連他們現在養的狗，原本是他們去田納西州露營時遇到的流浪狗，被她餵了一次，六個星期後也跑到他們家門口來抓癢。米契爾先生對這些陌生人感到嫉妒又害怕，常常站出來擋在這些人和他老婆之間。他們到底在圖她什麼？他不自覺這麼想著。但他同時也擔憂，他們會不會從我這裡拿走什麼？

他老婆是個沉靜的女人，就像海岸外的大石頭那種沉靜法——任憑海浪沖刷、海草攀附、海鳥在上面聚集，仍不爲所動。而她居然嫁給他，米契爾先生爲此驚奇不已。婚後頭幾年，他竭盡所能地取悅她，同時等著她棄他而去的跡象到來。

有時候她心情低落，就會進浴室把門鎖起來。這個舉動每每使他大爲光火。等到洗得軟玉溫香、白裡透紅地出來了，她會摟摟他，告訴他他是個大好人。米契爾先生倒不敢相信這一點，因爲他有時候覺得自己很討厭她。他要讓她知道什麼叫做無力感，於是開始冒險了。

他接到從委內瑞拉打來的電話，知道了米格的事之後，一方面很害怕老婆可能因此離開他，但卻又暗自高興自己傷害了她。這種掌控大局的感覺，在他與太太一起準備迎接他兒子的過程中一直伴隨著他。但當他看著老婆把這個素昧平生的黑皮膚男孩抱進懷裡，還溫柔地幫他洗腳的時候，這感覺就煙消雲散了。至此他認清了事實，那就是他老婆有辦法奪走他的一切。

其後一家三口過得彆彆扭扭。米契爾先生曾經設法要把他送去育幼院，但老婆不准。如今，他意外當上父親已經兩年了。他會帶孩子去看棒球，買漫畫給他，每天早上開車送他去上學。這些事情他有時候做得很快樂，有時候就會覺得生氣。有一天他進了家門，米格原本用西班牙語在跟他老婆交談，一見到他就住嘴了。他看得出兒子很怕他，並且確信老婆也在怕他了。米契爾先生於是怨恨起最初她吸引他的那些地方，出於補償心理，他開始和鄰居偷情，也就是小派。

事情從一開頭就不單純。有一天小派在超級市場裡主動跟米契爾先生打招呼，接著轉過身來貼到他身上，好讓走道上的人通過；她的屁股在他髖部上磨蹭，胸部碰觸到他的手臂。在此之前，米契爾先生和小派除了天氣好不好、垃圾車什麼時候來之外，什麼也沒聊過。但那天之後沒多久，就在同一個星期，小派正在院子裡種球莖花的時候，米契爾先生逕自走到她身邊，把手往她百慕達短褲的鬆緊腰帶裡伸進去，然後就在眾目睽睽的大白天，將她整個人推到白樺樹下、靠在籬笆上。他什麼話都沒說，但從小派的呼吸和她在他手中搖晃的身子，看得出她並不害怕。

他沒料到自己原來幹得出這種事。本來他是要到圖書館去還幾本書的——瞧，書在那兒，就丟在旁邊的草地上，包著塑膠套，被歲月和他不認識的其他讀者的指尖弄得髒髒舊舊的。而眼前又是一個他不認識的人，正在他的耳邊喘息著，弄得他手臂上都是泥；他方才見到這個人在陽光下俯著身子，膝蓋後面閃耀著些許汗水的光澤，突然強烈地替她感到寂寞與渴望。一種新的體溫傳進了他的手掌心，他索性盡量不去想他老婆。

他們在各種公共場所忘情、激烈地性交，不論是電影院還是公園，電梯還是遊樂場。某一天天黑之後，在方格攀爬架底下，雙膝陷在土裡的米契爾先生開始納悶，他們怎麼還沒有被抓姦。有一次，在水庫附近的長椅上，小派只穿裙子沒穿內褲，跨坐在他身上，兩人還向一對路過的老夫婦揮手。老夫婦繼續走，一副沒看見他們的樣子。這次經驗使他依稀感覺到，他和小派似乎是在某個異次元中幽會；但他也知道，這個時間氣泡總有一天要破掉。

小派告訴他，克萊德自從父親過世後就性無能了。她這位公公是個技工，那次在推土機底下修東西的時候，吊車上的鉤子滑掉，他胸部以下都被推土機壓碎了。死的時候克萊德握著他的手，那隨著生命消逝而來的冰冷似乎傳到了克萊德的手指、擴散到他的手臂，從此他不再把手伸向他老婆。葬禮至今，小派已經有過兩個情人，米契爾先生是第三個。

後來傳言那吊車被人動了手腳——因爲克萊德的爸爸欠了債。小派否認這一點，但米契爾先生記得他開車經過那間修車廠時，第六感告訴他最好別在那裡加油，看起來很不正派。

他把和小派幽會的地點安排得離家愈來愈近。被發現的危險愈大，米契爾先生的慾火就愈高漲，他甚至開始在自己家裡，對著飯廳的餐桌、洗衣間裡的烘衣機，和廚房流裡台上攪拌機旁的空間幻想起來。他顫抖著用指尖輕觸這些地方，一邊想像待會兒會有什麼樣的快感，一邊看著老婆就在同樣這些地方喝湯、疊床單、攪麵糊準備烤餅乾。

小派遇害當天，在她還沒把肉放進烤箱、或是追憶詹姆斯．狄恩、或是想到奶油和乳瑪琳有何不同之前，她在門廳裡和米契爾先生性交；「甜蜜的家」那幾個印在腳踏墊上的捲曲字樣摩擦著她的屁股。米契爾先生見到克萊德出門去上保齡球課之後，來到前門廊等小派開門，並不由自主地把腳踏墊撿起來。米契爾太太很快就會和米格回到家，想到老婆可能已經在附近，他不禁耳朵豎得高高的。小派一開門，他就把腳踏墊往門廊裡一丟，把小派推倒，自己跟著撲上去，玄關桌都被他的鞋底碰倒了。米契爾先生把小派兩腿提起來靠在肩膀上，同時留心聽著老婆的禮蘭車回來的聲音。

翌日，塞爾斯巡官沿著階梯走上小派和克萊德家的門廊時，並未注意到那兒沒東西讓他刮鞋子。他的長相普普通通：六呎二吋，一百九十磅，褐髮、褐眼、褐色皮膚。他曾經是深海潛水冠軍，但一起鯊魚攻擊事件（在他腰上留下一個洞，上面的新皮縱橫交錯，形成了皺縮的粉紅色疤）逼得他帶著義無反顧的心情離開了海水，並促使他投身警察的行列。他就住在離這裡三十五分鐘車程的一間地下室公寓，養了一隻叫法蘭克的暹羅貓。

塞爾斯小時候，有個身上總是有玫瑰花味道的老師，叫波斯可太太，就是她教他怎麼吹蛋的。把蛋黃從蛋殼上的小孔吹出去，總讓人覺得有點噁心，好像把濃濃一大沱鼻涕擤出來似的；不過當他抬起頭，看見波斯可太太脹紅了臉使勁地吹著，他就知道這一定是件值得做的事。也的確如此——那空蛋殼拿在手裡，感覺就像拿著一口憋住的氣。每當開始辦一件案子，他都會有這種感覺；而在他走進小派和克萊德家門口的時候，那口氣又浮了上來，懸在他的胸口。

他訪談了最初發現屍體的警員。被問起為什麼跑到後院去，他們回答得支支吾吾的，不過沒多久，他們就高聲討論起牆板、石膏板，以及採用尖拱窗有哪些優缺點（在場的每個警察，包括塞爾斯巡官，週末都在建築工地兼差）。那位在花叢裡嘔吐的警員提早回家了，後來塞爾斯和他談話時，他為弄髒現場表示了歉意。

塞爾斯巡官發現烤肉在流裡台上，四季豆還在瓦斯爐上；他發現烤箱裡有一塊快要烤焦的酸櫻桃派，餐桌上的奶油和乳瑪琳已經化了一半。他發現小派和克萊德用的是布餐巾，並各用一個小盤子來盛放餐包；銀餐具擦得很亮，牛排刀的刀刃已經捲曲。

他發現電話旁的籃子裡有未繳的帳單。地下室的烘衣機裡有洗好的衣物——幾條毛巾、床單、T恤、襪子、三套紡織水果牌內衣褲，和一件柔軟的粉紅色緞子內褲，鬆緊帶已經有點鬆垮變形，底部也已磨損變薄。他發現小派剛開始寫一封信給最近搬到亞利桑那州的一個朋友：「那邊住得怎麼樣？那麼熱你怎麼受得了？」他發現克萊德從小就開始收集的一本集郵簿：一堆斑斕的細小色塊、花朵的蝕刻畫和國王的肖像，全都依照國家名稱煞費苦心地貼得整整齊齊，那些國家塞爾斯巡官聽都沒聽過。

他發現了射穿小派身體、嵌在樓梯上的那顆子彈。他發現她的褲襪有一處脫線，從腳跟一直延伸到小腿肚。他想著小派在她喪命當天，就穿著這件褲襪走來走去，不知道上面破了一個洞。他發現她的肩膀底下壓著一道深沉、殷紅的血跡，蔓延過門廳內的東方地毯，滲進了硬木地板裡；他跪下細看，聞到地板還殘留著用墨菲油皂清洗過的氣味。他發現地毯邊緣鉤著一支髮夾。他發現一簇蒲公英種子，細小的白色纖維在他手中散了開來。他發現小派的表情像一個想要鼓起勇氣的小男孩，嘴唇抿得緊緊的，額頭剛剛開始要皺起來，眼神呆滯、深沉、帶著疑慮。他們搬走她時，她的身體已經僵硬。

後門廊上有狗的足跡，看來是一隻中型狗。那些輪廓清晰的紅色腳印圍繞著廚房裡的屍體打轉，然後來回交叉、互相踐踏著一路到了門外，下了階梯、進入車道，腳印也愈來愈淡，最後消失在院子裡。塞爾斯巡官派了一個警員去向附近的鄰居打聽，查出是哪一戶把狗放出來的。他訪問了克萊德的母親，然後回警局查閱小派和克萊德的資料——都沒有前科。那天到了夜裡，塞爾斯巡官終於就寢，他的貓窩成暖暖的一小團緊挨著他的肩膀。他躺在床上，心中兀自思索著那條緞子內褲的觸感，那雙不見蹤影的拖鞋，那塊不知被誰拿走的腳踏墊，院子裡沒有蒲公英、卻出現在那兒的蒲公英種子，以及究竟是什麼樣的殺手會把烤箱的開關關掉。

回到小派和克萊德遇害前一個月，米契爾太太正在修馬桶。她丈夫要去廚房時經過浴室門口，在門邊停下腳步，搖搖頭對她說，她實在令他自慚形穢。她已經把沉重的陶瓷上蓋卸下，整隻上臂都伸進了鐵鏽色的水裡，而她所嫁的那個男人就站在浴室門口說話；但她正屏氣凝神想要解決水管裡一個奇怪的聲音，所以沒有回答。

米契爾先生進了廚房，開始弄爆米花。隨著玉米粒緊挨著鍋子內側爆裂開來的聲音，他剛才說的話也進了她耳裡。她用一支衣架在水箱底下用力一扭，水管原本一直嚶嚶嚶的怪聲馬上就不見了，在隨後的一片寂靜之中，米契爾太太感覺到，她丈夫一定做錯了什麼事。他把米格的事告訴她之前，她就曾經有過相同的第六感。窗外吹來一陣風，她濕答答的手臂上汗毛一根根豎了起來。她把手從馬桶裡抽出來，心裡想著，我把它修好了。

米格成爲他們家一分子的時候，她把知道他的存在之後所感到的哀傷，都轉化成強烈的母愛。米契爾太太以爲丈夫會感激她，沒想到這反而成了他對她不滿的理由。他變得很不可靠，滿肚子怨氣。他拿自己幹的好事來怪她，怪她讓他自覺配不上她，那是她最想要一走了之的時候，但當時她沒想到有可能帶著那孩子一起走。

米格來到美國的前三個月，每天都說他想回家。第四個月開始夢遊，他晃晃悠悠地下樓到廚房去，把垃圾桶裡的東西全倒在地上，然後整個人蜷縮在裡面。早上米契爾太太就看見他睡在那兒，上半身在垃圾桶裡，腳邊都是咖啡渣和廚餘剩菜。他告訴她，他在找媽媽的頭——她在那場車禍中身首異處，現在到了夜裡，她就從米格夢裡的角落中走出來，伸開雙臂召喚他，他那些被沒收的雞就站在她肩膀上，啄著那截沒有頭的脖子。

米契爾太太提議做一個新的頭給媽媽。她買了材料回來製作混凝紙漿塑像，她幫著米格把一條條的報紙沾滿膠水，然後像包繃帶一樣，服貼地敷在一個灌飽了氣的氣球上，再用紙板做了鼻子和嘴唇。等乾了之後，兩人根據米格的描述，把媽媽的臉塗成褐色，黏上紗線當作頭髮，用美工紙剪成睫毛，畫了一對耳朵。米契爾太太把一副金耳環穿過那對耳朵，心情沉重地說，她好美。米格點點頭，露出了笑容。他把媽媽的頭抱回房間，擺在書架頂端，之後就不再睡在垃圾裡了。

米契爾太太夜裡去看這孩子睡得好不好的時候，有時會覺得那個頭在看她。她會想像丈夫跟這個混凝紙漿頭做愛的情景，並赫然發覺，原來她心中有一股強大的恨意，強大到連她自己都感到害怕。她想過要偷偷地把頭拿去毀掉算了，但又忘不了那孩子的腿在廚房地板上，看起來是多麼的瘦弱、可憐。後來米格開始對她有了愛，她也突然有了無所不能的感覺。她對角落裡那顆頭做了個不屑一顧的表情，繼續敞開自己的心。

米契爾太太從小由阿姨撫養長大，當時住的屋子旁邊有一條河，她媽媽就是在那兒淹死的。她這些阿姨以打獵爲生，主要是打鳥，打了就洗乾淨煮來吃。她小時候會幫阿姨把打到的獵物撿回來。即使沒下雨的日子，那些鳥看起來也總是濕的。有些鳥兒在她發現的時候還活著，不停地甩打翅膀，胸口少了好幾塊肉。她學會這時要抓住牠們的脖子，趕快扭斷。

米契爾太太在她房間的鏡子旁邊擺了母親的一張照片，每當她照鏡子的時候，視線都會自然而然地從自己的臉，轉移到這個生下她的女人身上。那是張黑白照，靠近邊緣的地方有些縐痕；照片上的人十五歲，綁著辮子，嘴唇夾著其中一條辮子的尾端。她這副模樣讓米契爾太太想起以前聽過的故事，說那些一輩子都在紡紗的女人，因爲經年累月用嘴把亞麻順成一條線，最後嘴巴會變形，下嘴唇總是垂著合不攏，永遠一副挨了打的表情。

阿姨在屋後自己的土地上蓋了一座射擊場。米契爾太太負責擺靶，幫她們送冰紅茶和彈殼彈藥。她收集了滿滿一玻璃瓶的散彈，就藏在衣櫥的最裡面，這些黃澄澄、亮晶晶的彈殼是她跟阿姨要來的，點二二和點四五口徑的都有。她們把一間老庫房改成射擊台，拿兩張桌子來放托槍用的沙包，槍一靠上去，沙包就依偎著那重金屬的輪廓。

十二歲的時候，阿姨給了她一把來福槍。當時她已經懂得射擊姿勢，於是每天放學後就拿著她的槍去練習。不論是跪姿、蹲姿、臥姿還是立姿——扭腰讓臀部與槍管平行，就像讓人拍照時的姿勢，這是阿姨教她的——她都能命中目標。她能幹掉鐵罐和老路牌，把人形紙標靶打成蜂窩。

米契爾太太記起這些事情的時候，正回到家把車開上車道，目光不經意地越過籬笆，看見她丈夫在鄰居家門口和別人性交，她馬上轉頭要坐在旁邊的米格閉上眼睛。她下車時，那孩子乖乖用雙手掩住了臉，靜悄悄地坐在原位。看著丈夫的身體前後擺動，米契爾太太覺得兩腳一軟。她感覺到自己像被困在河裡，激流不斷將她往外拉，猛扯她的腳踝，心中納悶著怎麼還沒有被沖走，最後才明白原來她抓著籬笆。那木頭的觸感光滑而陳舊，就像她第一把槍的握把，她用力抓著才感覺到兩腳又踩回了地面。

米契爾太太後來想到了小派的表情。那表情使她想起電影版《綠野仙蹤》裡的錫人——期待得容光煥發的樣子，可愛得讓人無法敵視她。她在買給米格的童話書版《綠野仙蹤》裡讀到，錫人本來是眞人，但因爲他的斧頭一直從手裡滑掉，把自己大卸八塊，所以才會慢慢把血肉一塊塊換成了空心的金屬。米契爾太太以爲小派的身體也會匡當匡當地發出同樣中空的聲響，結果沒有；她倒地時是結實沉重的肉聲。米契爾太太還在等待回音的時候，聽見廚房傳來一聲小小的咳嗽，就像在有教養的社會裡，有人要提醒別人他也在場時發出的聲音。她往聲音的方向走去，發現克萊德穿著拖鞋站在那兒，刀子插在烤肉裡。

你好，我剛殺了你老婆——這句話一出口，她知道克萊德也非死不可了。豆子已經煮沸，起泡的水滿出了鍋緣，嘶嘶作響地流進底下開著的小火中。米契爾太太關了烤箱，把每個火嘴都轉到零的位置。

阿姨們一直沒有結婚，都還住在當年撫養姪女的那間屋子裡。她們偶爾會寄給她一些照片、食譜、國家步槍協會寄來的訊息，或是她認識的人的訃文剪報。一個記者打電話給米契爾太太，問她小派和克萊德的事，她回想了一下這些年來阿姨寄給她的通知信，然後說道：他們是好鄰居，都是很好的人，想不到竟然有人做得出這種事，大家會非常懷念他們的。其實她對小派沒有一絲一毫的同情，這一點她很難原諒自己，也就不特意去努力了。她反而是竭盡所能想要忘掉克萊德的模樣、忘掉他當時臉上驚訝的表情，彷彿他在倒地前正想問她要不要喝點什麼。

隔天，她耐心地等候來找她的人上門。她看著警方巡邏車和新聞採訪車來了又走。星期一早上她起床以後，把狗放出去，幫米格做了個三明治，塞進他的便當盒裡，放在裝了牛奶的保溫瓶旁邊。她倒了一杯果汁和一碗穀類片，然後進了浴室、鎖上門，看著自己發抖的手。她記得當時她想拿個東西把克萊德的臉蓋住。穀類片從盒子裡掉出來的聲音很清脆，像水濺在石頭上，但很快就變成一團軟爛的東西，縈繞在她腦海裡，跟著她離開廚房、跨過小派、隔著手套撿起腳踏墊。她仍然看得見她丈夫在這墊子上前後扭動的樣子。她想讓「甜蜜的家」那幾個字消失，但她拿著那東西最遠只受得了走到車道盡頭，所以就把它丟進街上的垃圾桶裡。

她發現她連再見都說不出口。丈夫過來大聲敲門說他要沖澡，米格也來問可不可以讓他刷個牙，但她只是坐在馬桶上，聽著他們在屋子裡走來走去，然後雙雙出了門。後來，她看著窗外一個男子用封鎖線把鄰居的房子圍起來，爲了把封鎖線繞過院子裡的一棵樹，他展開雙臂抱住了樹幹。那只是個短暫的擁抱，她心想，那棵樹不會有感覺的。

下午太陽開始西斜的時候，塞爾斯巡官穿過米契爾家的前院。他拿著一個袋子，裡頭是一隻被咬爛的拖鞋，一路把棉白柔細的蒲公英種子攪擾得漫天飛舞。米契爾太太見他走來，於是把門鎖轉開；一出浴室，隨即用手攏了攏頭髮，把蓬亂的地方撥整齊。門鈴響了，狗吠了起來，她開了門，問他要不要喝咖啡。

米格那年夏天滿九歲。過去兩年和米契爾夫婦一起生活的日子，米格只長了不到一吋；但隨著六月天氣變暖，他突然開始抽高，兩條腿像拉長了的褐色太妃糖，包覆著那兩根新發育成的嶙峋瘦骨，彷彿他美國父親傳給他的基因之前一直在冬眠中等待時機，直到吹了春天的風，加上吃夠了加工食品，這些基因才被吻醒。他走路開始會絆到自己的腳。那天星期一他練完棒球回家時，因爲還不熟悉自己剛長大的腳丫子，不小心一腳踢中了垃圾桶，這桶子剛好就在圍住小派和克萊德家庭院的封鎖線外。米格跌在人行道上，兩手往水泥地重重一拍；垃圾桶倒在他旁邊，掉出一塊有「甜蜜的家」字樣的腳踏墊。

米格不是最優秀的學生，但因爲在體育課上敲出了幾支全壘打，人緣變得很好。全校最受歡迎的學生諾曼和葛雷格·凱斯勒雙胞胎選他加入他們的球隊，也把他當成了朋友。兩人幫著他念英文，有人想欺負他的時候站出來保護他，並告訴他在什麼時候見到他爸爸沒穿褲子。

當時米契爾先生在公路上超過他們的車，下半身一絲不掛。諾曼和葛雷格坐在媽媽開的廂型車裡，看得出有個女人俯身在排檔桿上。是眞的，雙胞胎說。米格要他們按聖經發誓，完了又按著一疊紅襪隊的球員卡發誓，最後還要他們到爺爺的墳前去發誓；他們真的照辦，把腳踏車隨便往草地上放倒，出汗的手按在拋光大理石上刻著享年幾歲的地方。那天晚餐時，米格一直看著爸爸吃東西，看著他下顎稜角處不停地夾緊、轉動。

米格感覺到有一件往事，從熱狗、英文、Hostess 杯子蛋糕和他收集的蜘蛛人漫畫書之間擠了過去。他五歲的時候問媽媽，爸爸在哪裡。那時她正在泡咖啡，拿著用布和鐵絲做成的濾袋，擰著裡面的咖啡渣。米格已經到雞窩去撿了蛋回來當早餐，此刻正捧在手裡，還溫溫的。他媽媽從他手上拿起一顆蛋，「這個是世界，我們在這邊，」她說道，指著蛋的下半部，「你爸爸在那邊。」她指頭沿著邊緣往上畫，深紅色的指甲輕輕敲了一下蛋的尖端，然後把蛋黃敲進平底鍋裡，其餘的部分都丟進垃圾桶。米格晚一點將它找了出來，用指尖在那滑溜的內膜上來來回回地摸，直到蛋殼裂成小碎片爲止。

米格撿起腳踏墊，把上面的灰塵抖落，這看起來是米契爾太太會喜歡的東西。當天早上他一直透過鑰匙孔往浴室裡看，雖然看不到她，但感覺得到她心事重重。

在卡拉卡斯的時候，他經常去翻垃圾找東西玩，偶爾找東西吃。自從聽說爸爸在公路上沒穿褲子之後，他頻頻想起故鄉的生活，甚至以前的一些習慣也開始回來了，彷彿爸爸不知爲何會光屁股這件事輕輕地將他搖醒了過來。夜裡他躺在床上，凝視著混凝紙漿頭的眼睛尋求指引。現在他有兩個人生了，有兩個國家，兩個母親；很快他就會找到另一個沒有爸爸的人生，離家上大學之後又是一個人生，然後又是另一個人生，然後又一個、又一個、又一個，每一個都像一片脆弱的薄殼，迴盪著往事的雜音。

孩子走進廚房，看見他的美國媽媽和一個陌生男子坐在那兒，兩人都端了一杯冒著熱氣的咖啡。餐桌下原本在打盹的破壞王抬起頭，敷衍地搖著尾巴，登登登拍著地板。兩個大人轉過頭來——咦，你手上拿了什麼？

塞爾斯巡官接過了那塊「甜蜜的家」。那孩子的神情透著蹊蹺，這繩編的墊子可能包含了線索。他被鯊魚咬的那片長得歪七扭八的粉紅色皮膚開始癢了，整個下午一直覺得刺刺的。後來在鑑識室裡，腳踏墊檢驗出小派的一小片血跡、狗的唾液、火藥、死螞蟻、泥巴、肥料，還有腳印——但沒有米契爾先生膝蓋的印子，也沒有他老婆妒火中燒地站在門廊台階上猶豫的痕跡，也看不出他兒子翻垃圾時的飢渴模樣。這一切都被抖掉了。

這天下午塞爾斯巡官走出米契爾家的時候，心情激動不已，就跟當年鯊魚從他身邊游開時，他發現自己的腿還在的時候一樣。他先是振奮，隨後感到疲憊不堪，彷彿他的生命已經枯竭；此時，他知道自己最多只能查到這裡了。這樁謀殺案不會有疤痕，也無法破案，只留給他一種錯過了什麼的感覺，以及沒能把事情做完的熟悉味道。目前他只能帶著某種希望伸出手，把那塊腳踏墊當作禮物收下。

米契爾太太摟著米格的肩膀，等待塞爾斯巡官逮捕她。接下來幾週，儘管警方找到了幾個嫌犯又陸續釋放，報紙的標題變了，葬禮也計畫好了，她依然繼續等待著。這些時刻可能發生的事，像一團團陰影從她頭上飄過。當這些都過去了，她還站在原地打哆嗦。

克萊德的媽媽準備了密封式棺木。米契爾太太坐在教堂長椅上一語不發，她丈夫忐忑不安地把指關節折得喀喀作響。儀式結束後兩人回到家，米契爾先生就開始打包。他老婆聽著旅行箱從閣樓上拖下來、衣架搖來晃去、拉鍊咬合、皮帶扣環拉上的聲音。米契爾先生說他要走了，他老婆覺得自己的喉嚨好像被誰扼住了似的。她很想問他要去哪裡，很想問他知不知道她這麼做是為了什麼，很想問他為什麼不再愛她了。但這些她都沒問，只向他要了他兒子。

她看著米格把那塊邊緣已經磨損的腳踏墊遞給警官，墊子經過她身邊的時候，她覺得口腔深處一陣發疼，彷彿好幾天沒吃東西似的。塞爾斯巡官把「甜蜜的家」在手上翻了過來，然後小心翼翼地蓋在餐桌上。米契爾太太看見了那個「甜」字，想起米格剛來那天她為他準備的牛奶。她意識到她的人生還可以走下去。她聽得見熟睡的狗兒均勻的呼吸聲，聞得到咖啡的氣味，感覺得到米格小小的骨架安穩地在她的手掌底下挺立著。她想，有這身骨頭就夠了。嘿，小伙子，米契爾太太問道，這是給我的嗎？孩子點點頭，她用力摟了他一下。

長頸鹿的陳情

事情是從長頸鹿遞交給動物園管理員的一份陳情狀開始的。事前他們還花了不少時間準備，先向隔壁欄的一隻山地大猩猩說明他們的處境，經過一番激烈的交涉（雙方同意以糧食為酬勞分三期償付：翻譯完成時付三分之一，大猩猩聯絡上他的手語老師時付三分之一，收到文件時付清最後的三分之一），陳情狀總算出爐。於是，他們推舉出來的發言人荳兒，便趁管理員領著一群有興趣捐錢的金主參觀動物園時，以誇張得恰到好處的姿勢，朝欄舍邊緣的鐵絲網走去，嘴裡咬著陳情狀，優雅地伸長了脖子越過籬笆，斯文秀氣地遞到那毛髮漸稀的管理員面前。

對於這突如其來的插曲，管理員起先以為大概是哪一隻人氣最旺的動物在跟他惡作劇，打算一笑置之；可是當他粗略瀏覽了一下文件時，耳朵卻開始發紅，一陣紅暈像起疹子似的爬滿了他整個脖子。狀紙上以粗黑、剛硬的筆跡——手語老師覺得陳情狀用這樣的筆跡最恰當；她是個年約三十五歲、很容易煩躁的女人——寫著以下的聲明：

管理員台啓：

有鑑於貴單位對先前之協議內容，即欄舍擴建、膳食變更、以及違反隱私權保護條例第七六八六五條第e項規定等問題未有實際行動，身為本動物園最大賣點之一

（每年創造百分之八的淨總收入），且連續三年進入最受歡迎動物排行榜的前十名，我們（下方連署者）決定提出下列要求。若貴單位仍然對此置之不理，我們將被迫採取必要行動，以確保在初步合約上所載明的我方權益。耑此

荳兒、露露、法蘭西斯科

要求事項

一、相思樹太多。我們雖然是進口的美國籍動物，但也會希望領略不同的文化。可否提供紫藤、竹子、使君子，或者楓葉？來點仙人掌也無妨。

二、加大圍欄。垂直高度必須與水平距離相當。歐卡皮鹿分配到的面積比我們多了一百平方英尺，這點我們上次已投訴過。歐卡皮鹿因參與了目前的「迷你」風而不斷享有過當的特權，關於這方面的現象在本文件附錄A有詳細列舉。

三、隱私。我們由於生理特徵顯眼，即使到了私人時刻也很容易持續遭到窺探。煩請在我們欄舍後方種植一排大喬木（至少二十五英尺高），圍出一個九十度的扇形區塊，這樣我們才有一個可以放鬆、獨處、屬於自己的角落。

四、生活品質。你們用界線訂出我們生活的世界，但是天賦使然，我們有能力看到

在界線之外有些什麼好東西：自動灑水系統、二十四小時便利商店、紐蘭德植物園裡肥美豐富的樹葉（就在我們欄舍的西南方五英里處）。這一切讓我們很想過一種更有質感的生活，想要一個更好的明天，想要開展我們存在的狀態，想要有機會吃到冰淇淋。

又：請當心，我們的心血管系統很脆弱，不宜受到刺激，否則會有危險。

管理員對他們這番開誠布公並不覺得有趣，事實上是相當不高興。長頸鹿是很安分守己的，他高中開始在這裡當掃糞工的時候，這些長頸鹿就已經是動物園的一分子了。此刻他還有別的事要操心：有一隻麝牛生病了，南美樹蛙要辦特展，還有迪士尼的問題要處理。他把陳情狀折好，塞進胸前的口袋，領著這群金主往食火雞那邊去。

這種反應可不是長頸鹿們所預期的。早在兩年前的某一天上午，大家早餐嚼著相思葉的時候，荳兒就對法蘭西斯科說了，她相信他們能過的生活絕對不是目前這個樣子。接下來，他們花了一年半討論，一旦他們將不滿提出來，會有哪些利弊得失；之後花了四個月取得文件。大猩猩索價很高，回覆的速度又慢得讓人受不了。最後，要等待機會把文件交

給園長，一等又是十三週。他們拿出了莫大的耐心，換來的卻是備受冷落，管理員不但對他們的要求和感受漠不關心，而且不把他們的威脅當一回事。（是露露堅持一定要把威脅的字眼加上去，好讓對方知道他們不是鬧著玩的；而且，套一句露露的話，這樣才能「精確反映他們的心情」。）

和那群金主在獅子籠旁邊吃完外燴午宴之後，管理員回到了辦公室。他把長頸鹿的陳情狀從口袋裡拿出來，在桌上攤開，用手指將它抹平。他知道這件事很快就會傳到其他動物耳裡，並意識到可能因此引發一場巨變。

管理員常常將動物園的管理問題與他的婚姻生活互相對比。他老婆瑪蒂達是他在羅馬尼亞旅行時認識的，身材壯碩，很愛發脾氣。他通常很怕她，不過她沉思的模樣，以及她大腿與臀部相接處那粗厚的線條又令他十分著迷。婚後頭幾年他就發現，用權威的語氣說話可以讓瑪蒂達冷靜下來。他看出，每當尖聲厲氣地跟她回嘴之後，她的肩膀就會放鬆下來，然後就退讓了。這時他會馬上換成和藹的語氣（說些甜死人不償命的話），他覺得唯有在這種時刻，她才會接受他的愛。他設法想像，如果是瑪蒂達給了他一張陳情狀，他會怎麼處理：他會當著她的面把它撕爛，他會盡可能讓她相信他生氣了，他會掄起拳頭，大罵粗話，然後私底下偷偷地照她的要求把事情辦妥。

管理員打定了主意，最好的辦法就是當衆拒絕長頸鹿的要求，剛開始說不定還可以做做樣子懲罰一下，這樣其他動物才會明白反動分子得付出什麼代價。要是每一種動物也都來一張狀子之類的，他可應付不了。想想看河馬會有什麼要求？或者袋熊呢？等狀況緩和下來了，或許是幾個月，或許一年，他再來著手進行一些比較不花錢的改革，讓動物們相信他這麼做是出自他善良的本心，也讓金主們相信他有推動改革的力量。想到這裡，管理員不覺露出了笑容，拉開檔案櫃抽屜，尋找歸檔的字母。正當他指尖翻到G的時候，祕書打了內線電話進來，告訴他有個情緒激動的雜務員在線上，說長頸鹿全都死了。

原來，長頸鹿們達成了共識：要園方回應他們的要求，最穩當的方式就是讓動物園無法再稱心如意地利用他們。最後他們決定假裝集體自殺，以使他們的理念獲得最大的關注。於是法蘭西斯科、露露和荳兒拉長了身子躺在地上，四腳朝天，兩眼發直，脖子以非常艱難的角度歪扭著，長長的黑舌頭吐出來掛在嘴角外。

沒多久，小孩子就紛紛哭起來了。父母、老師、保母都嚇壞了，急著往出口跑，生怕待會兒又見到動物屍體，傷害他們無辜孩子的幼小心靈，同時暗自嘀咕，去迪士尼絕不會遇到這種事。

管理員坐著高爾夫球車火速趕到了現場。

「怎麼搞的？」他說道：「發生了什麼事？」一群動物學家、雜務員和那天沒帶小孩的遊客，全都緊靠在護欄上；護欄裡頭有一圈籬笆，籬笆圍著欄舍，欄舍之中才是長頸鹿的屍體。

「他們還活著，」其中一個動物學家說道：「我看得出他們在呼吸。」

「拿水管來噴噴看好了。」那個打電話通知管理員的雜務員說道。他現在已經不激動了。

「可能是生病了，」那動物學家說：「要不就是心情沮喪。該找個精神病學家來。」

「我就是精神病學家。」個沒帶小孩的遊客說道：「這些長頸鹿很明顯是受到了虐待。我要聯絡防止虐待動物協會，立即將他們帶離這個環境。」

管理員閉起眼睛，想到瑪蒂達。他設法想像著，要是回到家發現她在裝死，他會怎麼做。他在腦海中勾勒這樣的畫面：瑪蒂達碩大的身軀仰躺在廚房地板上，兩腿拗著壓在身體下面，一眼睜著打量他的反應。他該會多麼生氣啊！她竟敢奪走他老婆！這是他生平第一次感受到純粹的憤怒，沒有平常總在一旁流連的害怕和惶恐。他正要叫那雜務員用水管把長頸鹿噴個狗血淋頭的時候，一個動物學家往旁邊挪了一下，於是他清楚看見了欄舍裡的情形。

露露和荳兒側躺著，脖子向前彎，把頭擱在蹄子上，兩個的舌頭都垂到外面，落在泥土裡，露露的尾巴好像每隔幾秒鐘就抖一下。法蘭西斯科則用整條背脊頂在地上維持平衡，脖子僵直，兩隻前腿在胸前蜷曲著，兩隻後腿呈一個V字形直挺挺地伸向空中，足有八英尺高。法蘭西斯科還故意把臉對著籬笆外的觀衆，下巴歪向一邊，他覺得這樣應該可以精確呈現出死亡時的極度痛苦。

三隻長頸鹿的身體橫跨整個欄舍，似乎把每一吋地面都占滿了。他們實在龐大，簡直是史前時代的東西。管理員看著這些倒臥土中的動物，想起了達爾文之前的演化理論，說是長頸鹿爲了吃到他們想吃的樹葉，脖子拚命地伸，才會變得這麼長。不知道瑪蒂達是不是也常有這種絕望的感覺。他在腦海裡把她從廚房地板抱起來，放在長頸鹿旁邊，他想像瑪蒂達就躺在他面前的地上，這時她的死雖然是裝的，卻變得極其眞實。他感到一陣劇痛襲上左臂，通過肩膀擴散到胸腔。他一下子熱淚盈眶，猛然從高爾夫球車上竄了出去，跑到一塊草地上。

記者一窩蜂來到現場。他們接到不下數十通電話，指出這場變了調的家庭娛樂活動。他們拍了管理員在草地上啜泣的照片，拍了動物學家和雜務員爭奪水管的照片，拍了一個精神病學家神情肅穆的肖像照，最後拍了那些長頸鹿。

記者們衝出動物園，趕回去給晚報發稿，下的標題是：「長頸鹿裝死」、「管理員爲違逆自然的罪行幾近崩潰」、「精神病學家道德勸說，長頸鹿放棄尋死」、「都是水管惹的禍？」

管理員在聖塞巴斯欽醫院的病房裡打電話給金主。他經歷了一次輕微的心臟病發作，許多細小的電極從一台監視器接出來，貼在他的胸毛上。太太瑪蒂達在一旁陪著他。她不在的時候他會很緊張，瑪蒂達明白這一點，所以在他睡覺的時候，她就把裙擺的一角塞在他手裡。

瑪蒂達把話筒拿在管理員嘴邊，讓他把陳情狀一字一句地唸出來。電話另一頭一片沉默。金主們不高興了，這項負面宣傳已經影響了動物園的門票收入，市民見到「死」長頸鹿的照片，個個義憤塡膺，已經準備發動抵制。有人說他們有顧忌，還有傳言上級將介入調查。那些金主很生氣，長頸鹿竟害他們陷入這麼難堪的地步。他們要管理員不可把陳情狀的內容對外公布，表示現在不是重新談合約的時候，我們要做的是損害控管。

抗議進入第三天，荳兒、露露和法蘭西斯科並肩躺在欄舍裡，討論他們的勝算。法蘭西斯科愈來愈悲觀了，園方已經在長頸鹿的欄舍前架起活動柵欄，把這些抗議者遮起來；

法蘭西斯科很不高興，這樣一來，觀衆就看不到他表演了。他惦念著原來的視野，厭倦了螞蟻老是爬上他的鼻子。他眞希望可以站起來。

荳兒對於離地面這麼近倒是心平氣和，她從不曾如此感覺到自己是萬物本質的一部分，她有信心園方一定會聽見並滿足他們的要求，她相信目前大家都要耐心點。

露露什麼也沒說，她正在專心感覺心臟的運作，想像血液水平地流貫她全身，她心想，我的血一定玩得很開心，難得可以這麼輕鬆地往它想去的地方跑。到了白天結束，動物園關門的時候，她在最後一刻猶豫了一下，然後站了起來。

金主開了一場記者會。他們說，我們是快樂的人，所以也希望我們的動物快樂。他們當場宣布聘請那位精神病學家，那精神病學家原本已受防止虐待動物協會委託，代表長頸鹿向動物園提告，隨後也就撤銷了告訴。他在長頸鹿的欄舍內待了幾天，坐在一張椅子上，捋著他的八字鬍，不時在標準拍紙簿上記東西；他通知金主，長頸鹿所受的刺激不足，並爲長頸鹿慷慨陳詞，爭取娛樂。金主於是聯絡了夜總會演藝人員協會，安排魔術師、模仿秀演員和歌舞劇團前來輪流表演。

長頸鹿欄舍前的活動柵欄移除了，換成明星用的拖車屋、舞台照明和擴音設備，另外還裝設了許多長椅，讓參觀動物園的遊客也可以坐下來欣賞表演。第一套節目結合了幾個模仿茱蒂・嘉蘭的演員、玩雜耍的馬科尼家族，和一場吉伯特與蘇利文的諷刺喜劇。現場並提供咖啡、甜甜圈和免費入場證給每一位報社記者。新聞標題開始有了變化。

法蘭西斯科很滿意，認爲他們的案子終於得到了應有的注意，那些夜總會藝人很令他開心，而且他對亮片是愈來愈喜歡了。

荳兒感到心煩意亂，不絕於耳的喧鬧聲吵得她無法繼續和大自然交流。她在這抗議活動與歌舞秀的大雜燴中暗自納悶著：他們怎麼還不把樹拿來？我們的紫藤呢？

露露則一派安詳自在，每大進行的平躺儀式已經慢慢改變了她。有時她會遁入一種半夢半醒的狀態，見到幻覺，和上帝說話。首先，她會看見一道藍光，全身跟著開始顫抖，然後是一陣飄飄然的感覺，好像身體浮了起來、飄在半空中，接下來突然發現自己已經到了動物園外面，在市區的高樓大廈之間、川流不息的街道上空到處移動，從一戶戶公寓的窗外滑翔而過。她看著屋裡的人做晚飯、看電視、講電話；她看見一個男子邊洗澡邊唱歌劇，那充滿共鳴的嘹亮歌聲似乎隔空直接傳進了她的耳朵。回神的時候她已經回到了地面，躺在泥土裡，爲方才見到的景象驚奇不已。她試過幾次要告訴同伴這件事，但他們都不相信她。荳兒擔心露露可能快要失去理智了，而法蘭西斯科則懷疑，會不會是雜務員在他們的食物裡下了毒。

到了抗議的第二週，甜甜圈已經走味，記者也想讓這則新聞有個了結。社會大衆對這群鬧自殺的長頸鹿漸漸失去了興趣，長頸鹿的新聞從頭版跑到了都會版，再跑到生活版，變成小小的一欄。夜總會演藝人員協會的合約已經結束，大家都打包好了。記者們把指尖的糖粉撣掉，開始去打聽有什麼新的消息可以採訪。

藉著明快的機智與手腕，金主們逃過了一次公關劫難，決定趁這個時候迅速將危機徹底解決。他們低調地探詢可以去哪兒弄一批新的長頸鹿來。經過多次的電話交涉，談好了價錢，金主們同意以兩頭疣豬、一尾飛鼠，以及將荳兒、露露和法蘭西斯科賣給某個巡迴馬戲團——對方一句話也沒多問就買下了——所籌得的一筆錢，向加州一間動物園交換三隻新長頸鹿。

金主們拍了一封電報到醫院去給管理員，通知他奇蹟就要發生。到了早上動物園開門的時候，會有三隻健康又通情達禮、只是有點搞不清方向的長頸鹿，踩著十二只美妙的小蹄子，在他們的新天地中斯文地漫步。

露露又見到幻覺了。她在市區中到處飄浮，飄到了聖塞巴斯欽醫院外，經過管理員的病房窗前，看見他躺在床上，已經睡著了，病床斜撐著他的上半身，身上黏滿了電極。瑪蒂達正在床邊織毛線，裙子歪歪地拉到一邊，裙角塞在管理員的手裡。瑪蒂達頭上綁著一條手帕，聚精會神地看著兩根針在毛線上穿進穿出。見到窗子開了一道縫，露露於是又飄近了一點，她鼻子頂到了玻璃，在窗子上呼出一片白霧。

在管理員的病房裡，織針不停地碰得卡卡響，心跳監視器規律地發出嗶嗶聲。管理員在夢中回到了往日時光，而病房裡的聲音則變成一列在軌道上行駛的火車——卡卡嗶，卡卡嗶。露露跟著這個節奏進入了管理員的夢，見到載著巡迴馬戲團的一節篷車。她發現瑪蒂達在車廂裡蜷著身子，窩在一堆乾草上。車廂裡沒有空氣，沒有水，瑪蒂達把嘴緊貼著木板上的一條縫隙，努力想要呼吸，嘴唇都龜裂了。露露很害怕，她覺得管理員的手愈來愈無力，眼睜睜看著瑪蒂達的裙角從他指間滑了下去。

管理員醒了。他抬起手把胸口的電極扯掉，將病床上的褥子一把掀開，說道：「我得做一件事。」他的腿看起來又白又細。他扶著瑪蒂達穩住自己的身子，然後慢慢地爬下床。

露露深深吸了一口氣，看著瑪蒂達幫管理員把睡衣扣好。這附近好像還有別的東西，她心想。夢境的一部分還在繼續。她想嗅出那東西的氣味，一再地吸氣、呼氣，目光不停在病房中搜尋。突然，她知道那是什麼東西的味道了——是麻醉鏢用的化學藥劑，當年在非洲她就是被這東西撂倒的。那味道似乎從四面八方圍攏了過來，露露覺得自己不停地溜走，離管理員和瑪蒂達愈來愈遠。她記得那轟然一聲悶響、被針扎到的刺痛感，以及任由沉重的身軀將自己拖倒在地的感覺。

露露睜開眼睛。她回到了動物園，躺在欄舍裡。在黑暗中，她感覺到很多東西在動。一群人影正爬過護欄。露露覺得她長長的黑舌頭很乾，而且不聽使喚——沒辦法用它來弄出半點聲音。她轉過頭，看見法蘭西斯科和荳兒已經跑了起來，接著是一陣霹哩啪啦，露露見到了痲醉鏢的閃光，兩隻長頸鹿就像兩棵樹一樣倒了下去。

一部大卡車倒退著停到欄舍前，放下車尾門，拉出了一條活動坡道。露露看著雜務員七手八腳地準備將她的同伴裝上車。她努力想站起來，但頭一抬就開始暈眩，腿抖個不停，她已經不記得該怎麼叫四條腿帶著她走了。

一輛高爾夫球車開到，裡頭坐著管理員，身上還穿著醫院的睡衣。開車的是瑪蒂達，氣喘吁吁跟在後面的是幾個矮矮胖胖的報社記者，正東倒西歪地跑過來——結果最早搶到這則非法長頸鹿買賣新聞的，是這幾位最捨不得放棄免費咖啡和甜甜圈的記者。他們相機的燈泡在黑暗中劃出一道道閃電，其中一閃照出了身上都是繩子的荳兒，另一閃照出呆若木雞、一臉茫然的法蘭西斯科，另一閃是側躺在地的露露，還有一閃是已經作鳥獸散的雜務員，他們的制服在遠處發出朦朧的反光。

在瑪蒂達的攙扶下，管理員步出了高爾夫球車。他躊躇了一下，不是因爲害怕，而是不好意思讓人看見他穿著睡衣。瑪蒂達馬上明白了，於是把她在醫院織好的披巾遞給他。他向她道了謝，把披巾圍在肩上。

管理員往躺在地上的長頸鹿走去。他聽得見他們的呼吸聲。他在露露身旁蹲下來，試探地摸了摸她側面的脖子，毛很短很粗，觸感很像他們家前門廊上那塊腳踏墊。露露睜開眼睛，認出他是管理員，她以爲幻覺又來了，她還記得連著他胸口的那些金屬線，以及瀰漫在他周圍的麻醉鏢氣味。你還好嗎？她想要說話，卻只是轉了個頭，張開嘴巴，伸出長長的黑舌頭，輕輕摩挲著管理員的手。

保存

玻璃外頭站著一家人。瑪麗提起畫筆開始揮動，不過那家人當然是在看獅子，不是看她。這是隻標本獅子，齜牙咧嘴，爪子刺進一匹塑膠斑馬的大腿裡，嘴角淌著矽膠泡沫。那家人的女兒，一個紅頭髮的小女孩，站在寫著「工作現場混亂，請見諒」的博物館標示牌旁邊，鼻子頂在玻璃上，壓得扁扁的。

那父親抱起女兒，作勢要把她丟進去餵獅子，引來一陣瑪麗聽不見的尖叫，跟著是那母親比手劃腳的斥責；她推著一輛嬰兒車，裡面坐著另一個孩子，瑪麗猜應該是男孩，因爲他上衣的袖子上有卡車圖案。挨了罵的父親乖乖將女兒放下來，幫她把已經擠到肚子上的衣服拉平整。一家人正走向下一個展示間時，那父親看見站在樹旁邊的瑪麗，皺了皺眉頭。

她這幅哺乳類生態布景已經畫了一個星期了；在此之前，她完成了兩棲類和爬蟲類。瑪麗念藝術學校並不是爲了在自然歷史博物館工作，結果這裡卻是她找到自己的地方。剛入行的時候，她幫當地的幾家餐廳畫過壁畫，大多數是自然景物，有山、有河，以及水中動物的畫像——都是些來用餐的客人可以吃到的動物。一個名叫哈利・透納的人在其中一家餐廳吃飯，很喜歡那幅壁畫，於是聘請她在他家浴缸的天花板上畫了三個巨乳女妖。

「我要她們的乳頭粉嫩粉嫩的。」他說道。那個浴缸跟戲水池差不多大。瑪麗站在梯子上，閉上眼睛，用父親教他的方式找到了她需要的顏色。她想像花瓣柔軟的背面，在一層層之間那有如絲絨一般的感覺。哈利・透納對那些巨乳太滿意了，打了好幾通電話把她推薦給朋友、生意伙伴和一些委員。

她在自然歷史博物館的工作多數是從傍晚進行到晚上，這時校外教學的師生和遊客都已經自館內的大理石走廊散去，想著要去哪兒吃晚飯了。瑪麗下午把父親交給接手的看護照顧之後，五點來到博物館，向這次翻修計畫的主持人費雪博士報到。

兩人一起走過展場。他們原本是該討論她目前的進度的，但費雪博士想聊聊她父親。「我大學的時候寫過一篇關於他的論文，」他說道：「他的畫筆眞的是用自己頭髮做的嗎？」

瑪麗笑而不答。每當有人跟她談起父親，她通常都是這樣的反應，對方早晚會懂她的意思，也就不再說下去。但費雪博士並不如此。他個子很矮，但彷彿是爲了彌補這個缺憾似的，肌肉很發達，粗壯的二頭肌緊緊地繃著他外套的袖子。瑪麗則像一根竹竿，高出他一大截。

他讓瑪麗想起高中時的一位化學老師，那個學年快結束時，大家才發現他在校門之外還有另一個身分：職業健美選手。因爲他平常看起來實在太文靜、太單純了，所以當一個同學把他在一場表演上全身油亮亮、穿了丁字褲拱著肌肉的照片拿給她看的時候，她羞得閉上了眼睛不敢看。

在生態展示間外的大廳中央，有一隻大黑熊放在臺座上。牠四腳著地，抬著頭，彷彿有什麼東西剛剛引起牠的注意；那屁股又圓又大，塞一個人進去都沒問題。費雪博士一手搭在熊的脖子上。

「我無法想像當他的親人是什麼感覺。」他說道：「比起來這工作應該挺乏味的吧，重畫別人畫過的布景。」

「你請的又不是我爸爸。」

其實，瑪麗一直以興奮的心情在畫這些生態布景。面對這片麥可．埃佛列特在七十五年前畫好的景觀，她才剛開始用海綿揩拭畫面上長年累積的灰塵和污跡，馬上就出了一身汗。不是因爲燈光，也不是因爲這玻璃隔間裡的空氣不流通，甚至不是因爲那隻近在咫尺的標本大黑熊——它暫時被挪到了一邊，這樣她才搆得著牆面。熱度似乎是發自這幅畫本身，從塞倫蓋蒂的大地和樹木傳出來的。瑪麗擦完了一塊草原，把臉頰湊上去貼著牆。感覺溫溫的。

在費雪博士給她的新進員工簡介資料袋上，關於麥可．埃佛列特的介紹少得可憐，照片模糊不清，文字也語焉不詳，不過可以感覺得出埃佛列特一生中多數時候都在生病。他身形枯槁，眼睛下方有深濃的陰影，其中一張照片的表情很明顯是不舒服的怪相，彷彿相機的閃光燈刺痛了他。

當晚瑪麗把從圖書室借來的關於這間博物館的歷史讀完了。埃佛列特和羅區家族很友好，當初就是羅區家族出錢捐地蓋了博物館，並把私人收藏的動物標本放在館中陳列。裡頭有一張他和整個羅區家族在狩獵旅行途中的合照，他靠在羅區家幼子的肩膀上。瑪麗把那張照片拿到父親面前。

「爸，你認識他嗎？」她問道。

她父親搖搖頭，連咂了幾下嘴，表示身上不舒服。

「痛嗎？」

他點點頭。瑪麗拿出安寧看護梅塞迪斯事先準備好的注射針，拉起父親的睡袍。他父親哼了一聲翻過身去，瑪麗把針筒扎進他窄小扁平蒼白的臀部。惠特尼美國藝術博物館和紐約現代美術館都收藏了他的畫作，那是大尺寸的抽象畫，以藍綠交織的色塊牽動觀賞者的情緒。目前已經有兩本記述他生平事蹟的書。他曾經教她怎麼混合用色、怎麼創造透視感，以及沒有母親的日子該怎麼過。現在的他則是穿著睡袍，時間都在打針之間度過。

幾分鐘後，他可以講話了。白天的時間他大部分都在睡覺，但到了晚上，他需要一些事情來打發時間。

「他是哪方面的畫家？」她父親問道。

「風景。」瑪麗說。

「照片再給我看一下。」他說道：「啊，想起來了，我聽說過他。」她父親指著羅區家那個小兒子。「他們是情侶。」

「你怎麼知道？」

「羅區買過我幾幅畫，有一次他還跟我示好。後來他說，埃佛列特是他這輩子最愛的人。」

瑪麗再一次端詳那張照片，想像著羅區在父親畫室裡的情景；那間畫室位在一間華人開的製麵廠樓上，從早到晚都能聽見地板底下傳來隆隆的機器聲，麵粉像蒸汽一般從通風口飄上來。她父親最好的作品都是在那兒完成的。她不能擅自進那間畫室，除非他邀請她去。

有一次她回到家發現忘了帶鑰匙，就到畫室去找父親，看見他睡在行軍床上，懷裡摟著一個男子。那是個年輕人，大約二十多歲，胸膛仍像十歲的男孩一樣光滑無毛。兩人動也不動地並排躺在那兒，彷彿是兩副被人擺布好姿勢、準備作畫用的人體，就像畫家布置一碗水果那樣。瑪麗慢慢倒退著走出畫室，心噗通噗通地跳著，就在這時那男子睜開了眼睛。她不該出現在那裡的，床上的男子似乎也知道這一點，懶洋洋地望著她。她父親挪了一下身子，沒有醒；那男子也沒動。瑪麗繼續看了他一會兒，才把門關上。

她父親從來不曾把情人帶回家裡，也不曾向女兒介紹過他們任何一個。生病之後，他似乎也忘了他從來沒有和女兒談過這方面的事。

「妳看。」她父親指著自己的腿。腿上的皮膚薄如米紙，四處蔓延的微血管成了一條條深色的細線，縱橫交錯宛如蕾絲一般。靜脈又粗又藍。「我一直在考慮要把這身體捐給人家做科學研究。」

「爸，請你不要講這種話。」

「爲什麼不行？」

「因爲我不願意想到你在解剖台上的樣子。」

「我想要讓自己有點用處，」他說道：「這種一事無成的日子我過不下去。」

瑪麗不再答腔。這一年來她一直在這樣的情況下照顧父親，就住在她十八歲離家前住的房間。她上班的時候會有訪客來，主要是她父親的畫商和朋友；當年她從美術學校畢業的時候，他們曾經禮貌地表示無意代理她的作品。當時她父親非常生氣，他要她到義大利深造一年，可是早在那個時候，她就知道自己永遠不可能變成畫家，至少不可能是像父親那樣的畫家。

「梅塞迪斯還好吧？」無話可說的時候，他們就拿看護當話題。

「她用西班牙語和朋友講電話，當我聽不懂。」梅塞迪斯是這一帶唯一有時間觀念的看護。她很能幹，懂得應變，而且永遠準時，但父女倆都不喜歡她。父親認定她毫無藝術修養，瑪麗則是看不慣她碰觸父親的方式，好像他是隻椅子或者檯燈似的。

「你本來就不會說西班牙語。」

「你又知道了。」他警醒地看著她，那神氣直讓她覺得搞不好他真的會說西班牙語、覺得這恐怕又是一件他一直瞞著她的事。

在遷徙生態展示間，她置身在一群牛羚中間，看得出有些牛羚的關節已經鬆掉了，接縫外露，鼻子龜裂，頭上的角傾斜得搖搖欲墜。共有九隻這樣的牛羚跟她一起待在這玻璃隔間裡，另外畫在牆上的大大小小、呈現不同遠近比例的，大概還有五百隻以上。

一群青少年來到櫥窗前，瞪大了眼睛往裡面瞧。他們最多十三個人，個個手腳都細細長長的，因爲正在快速發育，還來不及長壯。其中一個男孩指著她，其他人全都轉過頭來；瑪麗淡然一笑。他們的目光在她身上游移，一個沙色頭髮的男孩開始動手解自己的皮帶，其他人左右張望了一下，然後那沙小子拉下褲子，向她露屁股。

褲子一下子就穿回去了，但在他的屁股肉接觸到玻璃那一瞬間，她看見他的皮膚不太健康——下背部布滿了紅色的腫塊。接著那群男孩很快就一哄而散，她聽得見大廳中傳來他們歡呼聲的陣陣回音。

她向費雪博士報告了那群男孩的事。她走進他辦公室的時候，他正站在一張凳子上，想拿書架最上層的一本書。他跳了下來，瑪麗看得出他不太高興被人打擾。

「他們對妳露屁股的時候，怎麼可能沒有被老師發現？」

「我沒看見有什麼老師。」

「說不定是妳自己想像出來的。」

瑪麗想像自己伸出手去勒費雪博士的脖子，不過隨即就把它丟開了。她需要這份工作，爲了父親的醫療費用，他們已經花光了積蓄。她往回穿過大廳，拍了一下黑熊的屁股，然後爬進遷徙生態展示間，拿起畫筆，在角落上畫了一個小小的費雪博士，讓其中一隻牛羚踢他一腳。

畫完之後，她開始處理畫面上半部的小斑點，那些是位置最遠的牛羚。即便只是一些小點，埃佛列特還是賦予它們一定程度的個性，其中一個斜向左邊，彷彿揚起了頭；另一個又好像是以一種明確的猶豫姿態抬著一條腿。他在大多數地方都用了大量的灰色，東一筆西一筆地點出漸深的黑影。瑪麗把筆尖放進嘴裡吮了吮，再沾上顏料，分毫不差地沿著他原來的輪廓描繪著。她畫著畫著，慢慢感到喉嚨裡累積了一堆灰塵。

她畫得全神貫注，沒注意到大廳的燈關了。突然有人敲了一下玻璃，嚇得她渾身一震，差點把梯子弄翻。她轉過頭去，看見了費雪博士，他正在用袖子內側把男孩留下的那兩塊橢圓形痕跡擦掉。

他露出帶著歉意的笑容。他大概比她大十歲左右，一點也不算老。他指了指他的手表，瑪麗點點頭。她用手勢表示需要幾分鐘收拾東西，他示意會在前門等她。這已經成了過去幾週來的例行公事，每天晚上都要打打啞謎。

瑪麗快快將畫筆在松節油裡洗了洗，收好顏料，從突起的岩壁背後一扇小門爬出去，經過後面的房間，出到了大廳，在那兒站了一下，檢查自己的工作成果。她已經完成了半面牆。牛羚群愈靠近帶頭的那幾隻，身形變得愈大而顏色愈淡。這個畫面使她想起父親的一幅畫，那是他在剛獲知診斷結果之後開始著手進行的。那時她還在念美術學校，有一次回到家，赫然發現父親竟躺在床上，畫布就在客廳裡，而畫面上往遠處消失而去的影像完全不像他原本的風格，隨著形體漸大而顏色漸淡，宛如一場逆向的爆炸。

畫具背包很重，瑪麗篤篤篤地在大理石地上邁著步子，背帶一直陷進她肩膀的肉裡。唯一的光線是從生態展示間裡面透出來的，不過也夠她找到出口了。就在繞過一個轉角的時候，她無意間往狹小的哺乳類走廊瞥了一眼，看見在走廊盡頭的黑暗中，蹲伏著一個很大的東西。她一停步，那東西猶豫了一下，隨即跑進爬蟲類室的陰影之中。

瑪麗感覺到一陣恐懼從兩腿背面一路爬了上來，蔓延到指尖。她抓起背包，加快腳步，屏著呼吸，一鼓作氣走出門外。費雪博士正提著公事包在門外等她，外套緊繃著他小而粗壯的肩膀。

「裡頭有東西，」瑪麗說：「可能是狗，可是比狗還大。」她把背包往地上一丟，然後做了一件她想不到自己會做的事：她用兩手抓住費雪博士的手臂，緊抱著不放。

「妳確定嗎？」

「確定。」

費雪博士往門口走去，瑪麗亦步亦趨地跟著他，那恐懼感還在她腿上，令她冷汗直流。費雪博士把門推開一道縫，頭伸進去。

「有人在嗎？」

「它不會回答你的。」她低聲說道。

「開燈。」他索性向她下令。瑪麗放開他的手臂，伸長了手越過他們背後的牆，把開關一一拍開。一、二、三，天花板上的燈亮了。「妳看到的時候它在哪裡？」

「那邊。」她指向走廊盡頭，費雪博士於是往那邊走去，把公事包像盾牌一樣擋在身前。瑪麗望著他小心翼翼地走進爬蟲類室。她抓著門把，一邊看著門縫一邊估量，讓門保持在恰可容身的寬度，萬一費雪博士需要奪門而出的話，可以讓他側著身子溜出來。她聽見了腳步聲，抬起頭來看，他把公事包提在旁邊了。

「那邊沒有東西。」

「明明就有啊！」她急了。她還在害怕，但還是踏著試探性的步伐往走廊走去，進了爬蟲類室。在一張桌子的厚玻璃板底下有四堆不同的蛋，旁邊是一塊最近放上去的牌子，爲了提高博物館和觀眾的互動性：「猜猜看，這些蛋孵化以後會變成什麼動物？」按下按鈕，櫥窗另一邊的燈就會亮起來，照出一小群經過防腐處理的小鱷魚、小蛇、小烏龜或是小蜥蜴，旁邊圍繞著碎蛋殼。瑪麗趴到地上察看桌子底下，又起身搜尋各個角落，檢查了眼鏡王蛇和那幅鱷魚呑食山羊的拼貼照片。等她出來了，費雪博士隨即把門鎖上，然後一把抓住她的手腕。瑪麗嚇了一跳，以爲他要吻她了，接著才明白他是要量她的脈搏。他緊盯著手表，嘴唇微動地數著數。她有想要作嘔的感覺，同時莫名其妙地沮喪了起來。

瑪麗回到家，見父親戴著眼鏡在等她，床上丟著幾本書和雜誌。除了那瘦弱的身體之外，他的模樣完全就像她少女時代想要的那種父親，就是在電視上可以看到的那種喜歡給人意見、每天晚上待在家裡、老是擔心女兒貞操的父親。

她讀中學的時候，父親常常不見人影，把自己鎖在華人的製麵廠裡，一待就是好幾天，甚至好幾個星期，把支票簿和一小疊用信封裝著的現金留給她當生活費。瑪麗就天天晚上叫披薩吃，一面看電視一面怨他，睡覺時還拿把刀藏在枕頭下，因爲她害怕自己一個人。每過一陣子，父親總會突然現身，開車載她到製麵廠去，讓她看他的作品。他每次都問同樣的問題：這張畫讓妳想到什麼？瑪麗就會說出那一刻出現在她腦子裡的東西：一個柳橙，一隻青鳥，一顆棒球；要是她還在生氣，想到的影像就會不一樣：一條繩子，一把槍，一個凶手站在門口。不管瑪麗說什麼，他從不質疑。他會用鉛筆記下來，然後一起上館子，吃培根蛋或是加了鮮奶油的鬆餅之類的，不管她想吃什麼都可以。

瑪麗叫醒梅塞迪斯，在門口塞給她一張支票。

「他狀況怎麼樣？」她很不想問，但非問不可。

「好得很，好得很。」梅塞迪斯說，但看也沒看瑪麗一眼，只是忙著把支票摺好，放進皮包裡的拉鍊袋。「打了三針，出去活動兩次。我把他洗乾淨了，清潔溜溜。」梅塞迪斯把毛衣的袖子放下來，每天要走的時候她都重複同樣的動作。瑪麗看著她走到車道，上車之前比了一下禱告的手勢。

「我找到解決的辦法了。」她父親說。

「解決什麼？」瑪麗問道。

「我的身體。」

「哎呀，爸，今天晚上不要再講這個了。」

「我在廣播上聽到的，」他說道：「這個傢伙能幫人把體液換成塑料——矽膠和樹脂。永遠不會爛。」

他把目錄遞給她。裡面的照片是一具具經過局部解剖的大體，姿勢被擺弄得像藝術名作中的人物。其中一個是戴著假髮、圍著披肩的蒙娜麗莎，她的眼瞼被割掉了，嘴唇的肌肉掀了開來。還有一個是米開朗基羅的大衛像，被縱剖成兩半：一半是韌帶和肌腱，另一半只剩純粹的骨架。

「你這是去哪裡拿的？」

「我打電話給這位藝術家。他寄給我的。」

瑪麗一頁一頁地翻閱著，那些大體都已經被徹底拆解了。她看了看父親擱在毯子上的手，想到那雙手曾經在她上學前幫她綁辮子，爲她準備便當盒，發燒的時候摸她的額頭，跟她一起跳繩，在玩跳房子的時候丟石頭。

「我才不會去什麼變態藝廊看你！」

「來不及了，」她父親說道：「我合約已經簽了。」

描繪這幅北美洲哺乳動物布景時，埃佛列特運用了一套完全不同的筆法。瑪麗是處理野馬時注意到的，牠們的毛有某種剛硬的感覺。她撫摸牠們額頭上的斑，那些白斑和牠們喝水的那條河是同樣的一種白。

這次她感覺到的不是熱，而是涼爽，彷彿她的手穿過牆面，浸到了河裡。瑪麗開始動手擦掉灰塵，突然聞到一股氣味，香香的，像含著水氣的草料在太陽下曝曬的味道。河岸邊緣附近的線條褪色了，有幾個地方的水往外滲。這一帶的筆觸疲軟無力，彷彿埃佛列特沒辦法把筆握穩似的。

瑪麗溜到大廳，踮著腳尖經過費雪博士的辦公室。瑪麗事前已經獲准，要是遇到顏色褪得太厲害，或者形體小得難以辨認的地方，可以上博物館的圖書室，查閱埃佛列特的原始筆記和速寫。圖書室一般只供各部門主任和捐助人使用，架上除了記錄每一項展覽和標本的大批目錄之外，還有羅區家族的旅行日誌。

那些馬是北達科他州來的，一百多年前被殺，羅區家族在客廳裡養了一匹。目錄中貼了一張埃佛列特畫的速寫，那匹馬被人牽到了一張天鵝絨沙發和一架鋼琴之間，端端正正地站著。瑪麗看一下日期，明白了筆觸爲何會不一樣。麥可·埃佛列特製作那幅布景時已經快要死了。

瑪麗在其中一本旅行日誌上發現了他的訃聞，是從當地報紙上剪下來的，上面的印刷字泛出污跡，紙張已經發黃。他在完成布景之後不久就死於肺癆。當時羅區一家人在威尼斯，日誌上寫到了酷熱難當的聖馬可廣場，然而沒有隻字片語提到埃佛列特。瑪麗想像著羅區家的幼子收到這張摺在信裡寄來的剪報時的心情，他只能爲早已入土的愛人哀痛，沒機會見上最後一面。

她父親整個星期都在和那個死後要帶走他身體的藝術家討論，對方目前正在籌備的作品《加萊義民》❶尚有一個角色出缺；羅丹是她父親最喜愛的雕塑家之一。

「我要當那個拿市鑰的人，」他說道：「我喜歡他臉上的表情。」他練習了一下，抬起下巴，微微皺著眉頭，在眉心弄出一道凹痕，一臉認命而自豪的神氣。

瑪麗看著他在鏡子前練習。他的某一本傳記中有一張照片，拍的就是類似的角度。那本書出版之後，瑪麗就拿它當參考書，好知道父親有哪些祕密沒告訴她。她讀到了在他畫室出入的是哪些人；讀到她母親是父親在派對上認識的酒鬼，他一時昏了頭才娶了她；讀到她剛出生的時候，他抱著她這個小嬰兒有什麼感想，那時她的鼻子看起來有多大，她腳底的皮膚有多軟。

那藝術家打電話來了，瑪麗不發一語地把話筒交給父親。他們有說有笑的，聊到了哥雅和威廉·布雷克。

「不要把我賣給任何一個收藏家，」她聽見他這麼說道：「我要進博物館。」

他吩咐瑪麗幫他去樓上的書房拿幾本畫冊，她拿下來之後，把書重重地丟在他床上的書堆旁。

❶《加萊義民》（The Burghers of Calais）是雕塑家羅丹的著名群雕，由六座獨立塑像組成，描繪英法戰爭中法國小城加萊的六位義士。

「我知道我這麼做妳很不高興，」她父親說：「可是這身體是我的，不是妳的。」

門鈴響了，瑪麗扭頭就走，到門口開門。梅塞迪斯站在腳踏墊上，正在捲袖子。

在博物館裡，瑪麗頻頻回頭往背後看，腳步愈走愈快，連進到生態展示間了都還不覺得安全。站在梯子上潤飾一朵雲的邊緣時，她很確定有人正在看著她。她轉過頭去，看見櫥窗外面有一對老夫婦。

老婦人的手提包和她先生的襯衫很相配，都是夏威夷式的圖案，布滿了紫色和藍色的花朵。老先生穿著涼鞋，他向瑪麗揮了揮手。他太太正在手提包裡東翻西找，最後拿出一副眼鏡，好看看解說牌上寫了什麼。在他們身後，那頭熊已經站到了地板上。

它從臺座上下來了。臉圓圓的，口鼻部的毛都禿光了，眼睛是用褐色玻璃珠做的。那熊在大理石大廳中央人立了起來，將近有六英尺高，稍微左搖右晃了兩下，便俯身向前去嗅老太太的頭髮。

「小心！」瑪麗尖叫道，從梯子上跳下來，雙手用力捶打櫥窗。

老婦人手提包掉到地上。她先生呆立片刻，隨即挽著她的臂膀把她拉走。兩個人都瞪大了眼睛看著瑪麗，彷彿見到瘋子似的。那頭熊被這麼一攪和，分了心。老夫婦頭也不回地朝著出口走去，熊則舉起兩隻前掌，開始猛拍玻璃。

瑪麗往後退，撞倒了一隻牛羚。那頭熊每拍一下，櫥窗就劇烈地震動一下，瑪麗很怕玻璃會被它打破。它的表情一直沒變，但每一次施力，它就用上更多的體重，終於一條腿脫落了。它重新回到四肢著地的姿態，但只用三隻腳撐著身體，第四隻搖搖晃晃的，一些馬毛和棉花等填充物從破洞掉了出來。瑪麗找到活板門的門閂，一開門溜進了後面的房間。

那就是她上星期在走廊見到的動物，她很確定。瑪麗估算了一下到出口的距離，將通往大廳的門拉開一條縫。熊不見了，站在那兒的卻是費雪博士，手上拿著老婦人的手提包。

「這到底是怎麼回事？」他說道。

那頭熊已經回到原來的位置，一臉詫異之色，好像剛剛有人在樹林裡踩到它、絆了一跤似的。瑪麗料想會看見它在喘氣，但它的身體文風不動，唯一顯現出剛才發生過騷動的，就只有它那條斷了的腿。

費雪博士將手提包掛在肩上，用兩隻手撿起那條腿。他一面撥弄熊爪，一面審視著瑪麗；他的眼珠子也是褐色的，和那頭熊完全一樣。「這是妳幹的嗎？」

「不是，」瑪麗說：「它自己掉下來的。」

「我們不容許發生這種事情。」費雪博士皺著眉頭說道。他脫下外套疊好，連手提包一起放在旁邊，從後褲袋摸出一個小針線包，選了一根針和一捆線，考慮著該怎麼把腿縫回去。「我需要妳幫我扶著前面，頂住別讓它倒。」

瑪麗猶豫了，她不敢靠近。費雪博士已經蹲著在等她了，她於是硬著頭皮跨上了臺座，球鞋半懸空地踩在邊上。她抱住它的時候，感覺到它的身體有些許彈性，那重量和她父親剛動完第一次手術時的體重差不多，當時他必須由她攙著才能去上廁所，他幾乎沒辦法好好地站著讓她來攙他。她會等父親上完，然後拍拍他的手臂，意思是說：爲了你我做什麼都願意。而當她接觸到熊的毛皮的時候，她發覺自己心裡想的正是這個。這頭熊依然全身僵硬，像張桌子一樣毫無生氣。有一股味道從它嘴裡飄出來。

「我母親死前教過我怎麼做針線活。」費雪博士說道：「她怕我這輩子都不會結婚了。」他用牙齒扯下一截線。

瑪麗等著懷裡的熊有所動靜。費雪博士在她眼前一針一線地縫，他頸後的髮際剃成一條清晰、筆直的線。「我父親不相信婚姻這回事。」

「他不是娶了妳母親嗎？」

「是啊，」瑪麗說：「那是錯誤的結合。」

「所以說妳已經沒有結婚的念頭了？」

「也不盡然，」她說道：「但是，我無法想像我能跟任何人那麼親密。」他抬起頭，細細端詳她的臉，看得她臉都紅了。那條腿要掉不掉地掛在熊的肩膀上晃盪。

「可以放下來了。」

瑪麗彎下腰，讓重量慢慢回到地上。鬆手之後，她發現自己手上全是灰塵。

父親堅持要來看她完成的壁畫。「這是妳的第一次開幕展，」他說道：「我不想錯過。」

有很多事情要準備。她透過梅塞迪斯，從安寧中心借來一部輪椅，又向博物館的一名警衛調了一輛附有斜坡道的廂型車。她父親想穿全套西裝，瑪麗幫他把衣服穿起來。他的身體變小了，長褲和外套穿到他身上像是別人的衣服。她把領巾鬆鬆地繫在他脖子上，幫他把所剩不多的頭髮梳整齊。

「我要開窗。」他在車上說道。瑪麗把車窗搖到底。她已經開始覺得累了，但她父親倒顯得神清氣爽的。她開著車，看了一下後視鏡，看見他像小狗那樣，把頭伸到窗外去吹風。

費雪博士正在殘障入口等他們，他堅持要帶他們參觀一趟。要介紹他們兩個認識，瑪麗覺得很彆扭，不過她父親表現得很友善，他問了許多關於館藏和歷史沿革的問題。費雪博士花了二十分鐘，說明一隻烏龜的生活史之後，她父親眼皮眨了幾下，往手帕裡咳了一口痰。

最後他們總算轉往展覽廳。費雪博士不像剛才那麼精力旺盛了，瑪麗感到很欣慰，終於安靜下來了。她推著父親往一組駱駝走去，有單峰也有雙峰的。

「噢，女兒啊，」她父親說道：「那片沙子真美。」

瑪麗覺得喉嚨一下子哽住了。她沒料到會聽見讚美之詞，儘管她覺得自己的確把那片沙丘的質感和光澤還原得很好。她設法轉移焦點，強調背景出現幾座金字塔很突兀；但父親表示，決定將金字塔納入畫面的是埃佛列特，又不是她。

「使那些駱駝顯得寒酸了。」他想對她眨個眼，結果兩隻眼睛都閉上了。

瑪麗不敢確定父親感興趣的是她的修復成果，還是那底下的埃佛列特畫作。她完全仿照原作的筆觸，讓原色重現，沿著原來的線條描摹，重新將立體感和陰影賦予那些樹木和動物，但這一切都不能算是她的。

他們推著輪椅經過牛羚遷徙圖。

「我眞想試試這雙手還能不能畫。」她父親說道，敲了敲玻璃。「這簡直是個時光膠囊。」

瑪麗時常想像，父親要是沒生病的話會如何如何，這些她已經想得夠多了。他最後完成的一幅作品是自畫像，整個畫面由藍與黑構成，呈現出鬼魅般的氣氛。他把畫釘在客廳的牆上，然後就說他要去睡了。後來，她推開父親的房門，見他把棉被拉到了下巴，臉上滿是驚恐的神色。她提議要陪他去看醫生，他沒有拒絕，就是在那一刻，她第一次感覺到那個東西——失去父親以後將如影隨形的空虛感。

他還沒生病的時候，手上總是沾滿了顏料，指節和指甲都被染得又紫又紅。瑪麗小時候，他曾經向她示範怎麼調顏色：直接把不同的顏料在皮膚上混和拌勻，就塗在自己的手背和手腕上方。爲了調出某個顏色，他會用上整個調色盤。他還對她說，天下沒有眞正的白色。

他們在那頭熊前面停了下來，它還是保持昂首的姿態，那條腿看上去不太牢靠，歪歪斜斜的。她父親對它的牙齒很感興趣。瑪麗把輪椅推高，讓父親湊近它的嘴，這時她辨別出熊嘴裡飄出來的是什麼味道了，和這幾週父親身上所散發出來的是同一種氣味，混合著

發霉和腐爛的氣息。她幫他刷洗完手腳、脖子之後，海綿上都會殘留那個氣味，甚至連洗澡水也有。瑪麗緊緊抓著父親的肩，彷彿怕有人把他從輪椅上搶走似的，推著他離開，往大廳走去。

「我還沒看完呢。」她父親忙不迭說著。

兩人的身影映照在他們經過的每一個生態展示間上面。她看見父親不斷揮手，想叫她停下來。如果可以的話，她願意用一個專屬的展示間，把父親保存在裡面，牆上從右到左畫上製麵廠招牌的那幾個漢字，擺幾管油彩，凌亂地放幾枝畫筆，掛幾幅尚未完成的作品，在角落裡架一張床。她想要把父親的每一個部分都保留下來，據爲己有。她想要尖叫。

費雪博士匆匆趕了上來。他說，熊是沒有天敵的，跑起來時速可達三十英里。他看起來很苦惱的樣子，想吸引她的注意；他想知道自己是不是做錯了什麼事。

瑪麗迅速轉過身去，往後面望了一眼。生態展示間的燈都開了，充滿了舞台效果，而那頭熊原本該在的臺座上，這時卻空無一物。一股逃跑的衝動油然而生，她很想推著父親一股腦衝出緊急逃生門。但她沒有跑，而是專注地聽著費雪博士說話的聲音。他說，熊每次冬眠需要六個月，冬眠時心跳會變得很慢，也幾乎不呼吸，但還是活生生的。瑪麗想像著，像這樣大睡一場，醒來的時候會是什麼感覺，一定很餓吧？她可以感覺到那頭被縫得亂七八糟的熊，正在他們背後蹣跚地走著。

斯利姆的最後一程

我不知道瑞克爲什麼以爲這隻兔子會飛，他明知牠不會飛，像他就知道我不會飛啊！他一定是以爲有什麼東西能讓牠不掉下來，不然他一定不會放手的。

這隻兔子是瑞克他爹帶來給他的，在那之前我已經三年沒他的消息了。三年的望穿秋水，突然間他卻穿著一雙破靴子來到我的門廊上，說他有個禮物要給兒子。啪啪啪。我用手抵住我們之間的紗門，不讓他打開。我好幾天沒洗頭了。

我叫他放在階梯上就行了。他放下籠子，我看見裡頭有個白白的東西在動來動去。不知道他是不是還留著我打給他的鑰匙。我本來沒生氣的，見他就要走了才氣起來。

「喂，」我對著他的後腦杓叫道：「我氣色怎麼樣？」

「很好，」他說道，但沒有回頭：「你氣色很好。」

瑞克說要叫牠斯利姆。

我兒子喜歡給斯利姆穿上他的衣服，把牠當成洋娃娃或幸運符似的抱著牠到處跑。剛開始我覺得這舉動很可愛，但兔子一天天長大，後來胖得不得了，簡直要跟瑞克一樣大了，我才開始有點害怕。斯利姆有爪子和牙齒，萬一搞起破壞來可不是鬧著玩的。我隨時都在注意牠，但牠倒是從不惹麻煩。牠總是軟趴趴地攤在瑞克懷裡，壯碩的後腿無力地垂落在外，好像在聽候人家發落的模樣。

瑞克用他從海邊拖回來的捕龍蝦簍，在後院幫斯利姆弄了個住的地方。瑞克九歲了，懂得很多事情。簍子的木頭是灰色的，很扎手。我下班回到家，常常發現瑞克在院子裡，給斯利姆的小屋添新的東西。

「你從放學到現在，就只做了這些事情？」我問他。我指著我們那台倚在牆邊的老舊割草機，又說：「怎麼草都還沒割？我晚餐的火雞弄好啦？」瑞克露出微笑——我什麼時候在開玩笑他都知道——繼續把一堆有斑點的卵石一顆接一顆地，放在擠成一條細白線的白膠上，把它們黏成一排。我把指頭伸進白膠裡，黏呼呼的。然後我把指頭伸進籠子，擦在兔子的毛上，斯利姆的毛好柔好軟。

我買了一個給倉鼠喝水用的自動給水器，瓶口有一顆小鐵珠，把它倒著掛起來，有人去舔它的時候水才會流出來；另外還買了一包兔子吃的苜蓿丸。我用美奶滋罐的蓋子當容器，每天晚上倒一些飼料在上面。這時候瑞克都很興奮，等他端到籠子邊，苜蓿丸也灑得差不多了，他就只好走回來，讓我再給他倒一次。我從來不會生氣，再倒就是了。我就是這樣的母親。

斯利姆開始穿瑞克的內褲的時候，事情才變得有點麻煩。這是我洗衣服發現的。我上自助洗衣店時，一定會數清楚送洗了多少衣服。我會準備一張單子，一面記，一面把衣服往洗衣機丟——四件T恤、一件裙子、二十七隻襪子、三件牛仔褲、六個枕頭套、十三件內褲、兩條毛巾。洗好之後，我還要一面核對單子，一面把剛脫完水、還有點濕有點硬的衣服一件件拉出來，這樣我才能帶多少衣服來，就帶多少衣服回去。我不喜歡弄丟東西。

那天是星期六，我正在等洗衣機停下來。我不介意在那兒等，因爲我付錢了，那時間是我的。我在洗衣機的小圓窗上看見一張臉的倒影，我吐了吐舌頭，好確定那是我的臉。

紅燈滅了，我把我那隻裝了輪子的洗衣籃拉過來，拿起筆記本，開始一面數、一面打勾。才數到第三件T恤，我就注意到衣服堆裡好像有咖啡色的東西——我剛洗好的衣服上竟然有黑黑的污垢。我特別用最強水流、加長浸泡、投了滿載的十六枚銅板才洗好的衣服上，竟然有便便的痕跡。我拿起一件超人內褲，裡面是一大坨軟爛的兔屎。

我深深倒抽了一口氣，覺得皮膚鼓脹起來，愈繃愈緊，接著有一種輕飄飄、站不太穩的感覺，好像快要浮起來了。我把那坨屎甩進垃圾桶，重新投下十六枚銅板洗了一次滿載。回到家的時候，見到瑞克在院子裡，我把那件沾了兔屎的內褲往他頭上按，雙手抓著他的肩膀用力搖撼，搖啊搖的，搖個不停，搖到他臉都白了，我才覺得我的重量又回來了。

搖完之後，瑞克頹然坐倒在地，把超人內褲拉下來蓋著臉，那小超人隨著他的呼吸升上來又陷下去。我在他身旁的草地上坐下來，伸手輕撫了一會兒草葉，接著一把抓住，連草帶土扯了一團起來。我把這串東西拿到超人面前晃蕩，附著在草根上的泥土紛紛散落。

「你看，」我說道：「魔法粉。」瑞克側著身子往旁邊一躺，從一隻褲管裡偷看我。我對他笑了笑，站起來，把那團草扔掉，開始動手晾衣服。

我從來不用自助洗衣店的烘衣機，衣服自己就能做的事情，我何必花錢幫它們做？把衣服一件件在面前攤開來，掛上曬衣繩，做這件事會讓我安心，每件東西在哪裡全都一目了然。

瑞克第一次把斯利姆從窗口丟出去那天，我下班回到家，發現籠子是空的。我隱隱感到事有蹊蹺，往廚房走進去，果然印證我的感覺是對的。我看見兔子在水槽裡，瑞克在餐桌底下。

「你幹了什麼好事？」我問道，扔下手提包。瑞克抓起T恤前襟，拉上來蓋住頭。他知道做錯事的時候，不用人家逮到，自己就會有這個動作。有時上完一天班，我會抽根菸或喝杯紅酒，放鬆一下心情，這時瑞克會走進房裡來，像個無頭騎士似的，T恤緊套在頭上，露出一截肚子，兩手掛在袖口外，軟趴趴地垂在身體兩側。他會走進房裡，再走出去，然後又進來，又出去。這是個暗示，見到他這樣，我只要跟過去看他是從哪裡來的，保準會發現他又闖了什麼禍。

斯利姆又嚷又叫地在水槽裡東抓西抓，爪子在金屬上刮擦，不停地發出令人毛骨悚然的尖細聲響：咯吱咯吱咯吱咯吱咯吱。牠全身抖個不停，一隻壯碩的後腿從旁邊岔出來，在身後拖行。

餐桌下傳來瑞克的聲音，他告訴我斯利姆跌倒了，現在什麼都要咬。

「就是因爲牠的腿斷了啊，」我說道：「牠的腿看樣子幾乎要掉下來了。」我蹲下去，看見瑞克白色的小肚子。他的胸膛上下起伏得厲害，我才明白他在哭。

「過來。」我說道。瑞克爬到我旁邊，我把他像嬰兒似的兜起來，放在大腿上，然後把衣服從他頭頂掀下來，幫他塞進褲子裡。我捧著他的臉，用兩隻拇指的指尖擦掉他臉頰上的淚。「看我的，」我說：「我會把牠治好。」

斯利姆尖聲叫著，啁啁啾啾地像隻鳥。我從水槽底下拿出一雙黃色的厚橡膠手套戴上——我可不想讓這兔子咬到，費了一番不小的工夫，才用兩枝鉛筆夾住斯利姆的腿，再用膠布綁牢。「好了，一個星期不准跳。」我嚴肅地說道。瑞克笑了。

接下來我盡了一切該盡的職責。我帶瑞克到浴室去，用沾了冷水的濕毛巾幫他擦臉，並從壁櫥裡找出一支梳子，也把它沾濕了，將瑞克的頭髮梳整齊。然後我捏了他一把，讓他再笑一次。「愛你的是誰？」我問他。他答道：「是妳囉。」

我在市區的「眞實價值五金店」幫人打鑰匙。我打得很快。每個來找我打鑰匙的人都一副放心不下的模樣，他們會上上下下地打量我。大家都是這樣，把自己的鑰匙交給別人，就算只交出去一分鐘，仍然會緊張；但他們還是交出來了。這時我會想，他們看我的時候看見了什麼？我手中握著那些小金屬片，把它們從主人的鑰匙圈上取下，一陣陣轉鎖、開門的聲音也在我耳邊響起。我說道：「幫我計時。」

他們給我的鑰匙有方有圓、有長有短，我一拿到手，便往背後的牆板找出同款的鑰匙版。小勾子上掛滿了數百種尚未切割的鑰匙胚，沒有牙，什麼門也開不了。我把要打的鑰匙擺到機器上，鉗緊，再將鑰匙胚喀答一聲塞進切割區，戴上護目鏡，打開馬達。砂輪轉得又快又有力，發出像牙齒咬在金屬上的聲音。打磨，進齒，退出。下鉗，移位，上鉗。打磨，進齒，退出。下鉗，移位，上鉗。打磨，進齒，退出。下鉗，叮。「小心，」我說道：「會燙。」

我是在送貨的時候認識瑞克他爹的。一家以農場動物爲號召的遊樂園新設了一道鐵絲網圍牆，來打了五十三把鑰匙。我開車到農莊樂園，他們熱情地歡迎我進去，那天剛好是他們半年一度的園遊會，瑞克他爹正在示範如何操作曳引機。我看見他駕駛那部機器，拖著被鍊條五花大綁的一噸重混凝土塊，輪子飛快地空轉，攪起的泥巴不斷濺到他臉上，而他雖然稍稍別過了頭，但仍以笑容迎接撲面而來的泥巴的模樣，彷彿對他而言那是一場美妙的春雨，我知道那就是愛。兩次園遊會之後我就懷孕了。

我把他在我這兒過夜的日子，在月曆上用X做記號。我打給他一副鑰匙，他想要的時候隨時都能過來。孩子生了以後，他出現的間隔愈來愈長——本來是每星期一和星期四，變成雙週的星期五，再變成每月一個星期天。當整個月連一天都沒得打X的時候，我開始把X打在自己身上，沿著鼻梁畫幾條細線，在顴骨上畫交叉的平行線。我用烤麵包機的反光處當鏡子，想知道自己看起來是什麼樣子，然後躡手躡腳地走到瑞克的小床邊偷看他。他把兩隻手臂蓋在臉上睡覺，他似乎總像在閃躲什麼似的。

瑞克他爹離開了農莊樂園，決定到全國各地到處流浪打工。他把我的鑰匙也帶走了，每到深夜，我常會豎起耳朵，留意我的門鎖有沒有鑰匙插進來的聲音。他寄過一封信和五張明信片給我，還有一次從加州寄來了一顆甜瓜。然後是三年的望穿秋水。然後斯利姆就來了。

＊　＊　＊

我在臥室裡聽見咚的一聲，那聲音很沉重、很結實，緊接著是匡郎一響。我心想，這下大事不好了。我永遠知道什麼時候大事不好了。我聽見瑞克從樓上跑下來，經過我房間衝出了後門。我到衣櫥拿了件黃色運動衫穿上，我最喜歡黃色了；蛋黃半熟剛剛好，我自言自語地說。

我拉開窗簾。瑞克已經把上衣脫下來，正拿它去蓋住割草機旁邊地上的某件東西。一隻袖子被割草機的刀葉勾住了，我看著瑞克用指尖把它取下來，在割草機的一個大輪胎上擦了擦，然後往那團東西下面塞。陽光明亮地照在他白白的小肩膀上。我開了窗，把頭伸出去。

「喂！」我說道：「那件衣服我才剛洗乾淨！不要給我丟在地上，撿起來、撿起來。」我補了一句：「我又不是你的清潔工！」我得時時這樣提醒瑞克，他才不會忘了這些。我常常告訴他，我又不是你的洗衣工，我又不是你老婆，我又不是你的神仙教母。

瑞克一聽見我的聲音，便呆立在那兒，兩手向前平伸，活像個殭屍——殭屍小孩。他的衣服還在地上，塞在割草機的刀葉前面，衣服底下有一團隆起物。我看得出他有什麼東西不想給我看見。

「閃開！」我說道：「站在那兒像個白癡一樣，想騙誰啊！沒有人會相信你有毛病。」

瑞克眼睛眨也不眨，看起來整個人都僵住了。他嘴巴張著，看得見他的小舌頭在裡面。我往胸腔深處吸飽了一口氣，然後放聲尖叫，一來是因爲我開始生氣了，二來是我覺得這樣應該能把他嚇走。

「閃——開——！」

就在這時候，那一小包東西抖了一下，然後開始跳、跳、跳。其實稱不上跳。比較像跌跌撞撞地拖著腳走。它搖搖晃晃地離開割草機，開始通過草地。「飛，飛，飛上天！」瑞克說道。我就站在窗邊看著，一邊是瑞克在高喊，一邊是那團東西自顧自地逃走，我不禁大笑起來，那景象很滑稽。

我下了樓，推開紗門，讓門自己甩回去——嘰—砰！答答答下了階梯，來到後院。瑞克目不轉睛地看著那件衣服踉踉蹌蹌走開。我跟了上去，開始演起戲來。

「你這衣服，給我回來！」我說道：「以爲逃得過我的手掌心嗎？」它左右亂竄，想叫我不知道它要往哪兒跑，但我一下子就用腳踩住它了。我把它按住，拉起衣服的一邊，開始用力抖。「出來！」我說道。小衣服一攤開，滾出來的是看樣子已經支離破碎的斯利姆，只剩紅白交織、血肉模糊的一團。

牠看起來好像被人從側面縱剖了一刀，從耳朵後面一直剖到大腿前端的彎曲處。牠動

的時候，我注意到牠不僅是被剖了一刀而已，有一整塊皮都掀了開來，淋漓的鮮血底下，看得見濕答答的粉紅色肌肉海綿組織。我用腳輕輕頂牠一下，牠就翻了過去。牠的一隻前腿已經少了一截。

我轉頭看看瑞克。他仍站在原地，兩手平伸向我。殭尸小孩。我拿著他那件黏著草、沾滿兔血的衣服，走到他面前跪下來。他把手放下，搭在我肩膀上；我把他攬過來，感覺到他兩手一緊，箍住了我。

「放開。」我說道。他垂下了手，看看我的右肩，又看看我的左肩，再看看草地上的斯利姆。「看著我！」我說道，捏住他的下巴抬到我面前。那是他爹的下巴——長長的，中間有個小凹陷。我把拇指往那兒用力捺了一下。

我叫瑞克穿上衣服。我抓著領口往他頭上套，他的臉穿出來的時候，多了一道鏽紅色的痕跡。我繼續把衣服拉下來蓋過他肚子。那衣服又濕又冷，我見到血已經凝結在我的指節裡，知道這再也洗不掉了。瑞克彎起手肘，把手臂穿過袖子伸出去，這時有個東西從袖口飛了出來，掉在草地上。

起先我以為那是一團衛生紙——瑞克老愛抓著衛生紙，在手裡揉得圓圓的。我替他換床單的時候，床上都是衛生紙的碎屑，彷彿他整晚沒睡，都在撕衛生紙似的。但那一團不是衛生紙，是斯利姆的前腿。

我們倆看著那草地上的小白點，看了好一會兒。然後我有了一個念頭。我說：「撿起來。」瑞克瞪著地上。我說：「快撿。」瑞克又拉起了上衣前襟，想把頭蓋起來。「不行。」我說道，把他的衣服往下拉。「不准再躲。小孩子才會一天到晚躲。去，去把它撿起來丟掉。你該學會收拾自己闖的禍了。剩下的我來。」

我讓他自己去處理斯利姆的腿，自己進了屋裡，把那雙黃手套再一次從水槽底下拿出來。我可不想被咬！然後回到屋外去。瑞克已經撿起那一小截兔腿，正用指尖摁著兔掌上的肉墊。

我從曬衣繩上取下一條毛巾，把曬衣夾收進口袋，然後走到兔子旁邊，用毛巾把牠捧起來，帶進屋裡。

斯利姆已經不動了。我小心翼翼地把毛巾放進水槽，然後掀開毛巾，仔細看看牠。我以為牠大概死了，不過我一摸到牠的肩膀，牠馬上又掙扎起來，用爪子抓我。我壓制住牠，要牠哪兒都別想跑。

我在壁櫥裡東翻西找，搜出了一些可待因，磨成粉，摻進斯利姆喝的水裡。滿有用的。我拿著牠的飲水瓶，像給嬰兒餵奶那樣餵牠，等牠鎮定得差不多了，才把牠的殘肢綁緊。

我去找了一根針，又從壁櫥裡扯了一段牙線來——薄荷味的。回到廚房，斯利姆已經昏過去了。我把牠綻開的皮拉到一起，直到重疊爲止，然後從口袋裡拿出一支曬衣夾夾住。我用嘴唇順了順牙線的末端——薄荷味！——穿過針眼，打了個結。我把針扎進牠的皮膚時，感覺到微微地啵了一下，之後針就很平順地透過去了。我用十字繡的針法把牠側面縫合起來。我不是什麼裁縫師，不過縫好之後看起來還不壞。

瑞克他爹要離開去闖天下的時候，打了電話給我說要看兒子。他帶我們去參加農莊樂園的員工野餐。我們沿著小徑，裡裡外外參觀了家禽世界，並在牧場周圍到處逛。瑞克他爹用我幫他們打的鑰匙開了柵門，讓我們進去摸小動物。我們還免費乘坐遊樂設施。

我們順道參觀了農莊樂園的教育中心，在那兒，小朋友可以了解各種動物的身體構造，或者實際扮演動物在農莊裡的角色。在其中一區，園方準備了一種特別的眼鏡，很像觀景器，你可以透過它看見從牛的眼睛看出去是什麼樣子，或者從鴨子的角度看出去是什麼樣子。他們在眼鏡內裝了鏡片，有的能把顏色過濾掉，因爲某些動物看不見顏色；或者把側面的視野擋掉，因爲有的動物只能看見正前方；或者把視野弄成破碎的影像，因爲有的動物只能看見東西的片段。

我拿起一副動物觀景器戴上。我看了看瑞克他爹，心想：原來在狗的眼裡你是這個樣子、在雞的眼裡你是這個樣子。我轉頭要看瑞克，不見人影。天空。我低下頭想找他，看見自己的腳在地上，那雙腳看起來好遠，我得動一動，好確定那真的是我的腳。來個滑曳步，翹大姆趾，踢踏、踢踏，踏幾下前方的地面，好確定那是真的地面。

瑞克最後一次把斯利姆從窗戶丟出去的時候，我正在院子裡，把床單夾到曬衣繩上。風把床單吹得鼓鼓的，不停地生拉硬拽，想把床單從我手裡扯掉，我只好牢牢抓著，免得床單被吹得在草坪上亂飛。我只剩一個枕頭套還沒晾，手上還有兩支夾子。這時，我聽見瑞克高喊：「飛，飛，飛上天！」我抬頭一看，他正把斯利姆從三樓的窗戶丟出來。

斯利姆的毛四散翻飛，耳朵往後緊貼著，身體整個張開，側面的皮不停地上下拍動，好像想抓住風。瑞克在牠脖子上綁了一條小圍巾，我看出那是我一直拿來當抹布的那條舊尿布。我看著斯利姆朝我的臉直衝下來，心裡想著：笨兔子，也不會低頭看一下地上有什麼東西。

其實在這之前，斯利姆就已經不太像一隻兔子了。牠這兩三個星期只能靠三隻腳一跛一跛地走。我們把牠的籠子拿進屋裡，希望牠早點復原，不過沒什麼效果。牠都不吃東西了，只肯喝可待因和紅蘿蔔汁，全身的皮鬆垮垮地披在骨頭上。我看牠衝著我來，知道那是牠的最後一程了。

不知道斯利姆明不明白發生了什麼事。不知道牠是否在空中揮舞著牠那根殘肢，準備迎接那一撞，或者牠那小小的腦袋記不住這麼多。說不定牠覺得那次經驗還滿新鮮的，從瑞克那裡飛到我這裡來。說不定牠玩得很開心呢！

年度最佳殺手

安布魯佐出生時是拳頭先出來的。當時他濕答答，全身青紫色，祖母諾娜看了很驚慌，連忙用圍裙把他包起來，放進烤箱裡讓他保暖。她彎下腰，瞧著她這個小孫子依偎在鐵架上，心裡一直覺得毛毛的。她後來說，那時覺得好像看著一個死人活過來一樣，這感覺甚至一直到她看見他皮膚開始有血色了，都還揮之不去。她很快地喃喃說了聲萬福瑪麗亞，然後用隔熱手套把他從烤箱裡抱出來。

那天下午稍早，諾娜在她們自家麵包店後的工作間，發現身上沾了麵粉的女兒正在拚命咬擀麵棍。

「我懷孕了。」希薇雅說道，聲音像一隻狗在咆哮。因爲她向來胖嘟嘟的，她母親從來沒注意到她有什麼不一樣。事後諾娜都想起來了，但此刻她只忙著把揉麵台清出來，糖、鹽、奶油全推到一邊，扶女兒上去。

收縮的間隔愈來愈接近了，她叫女兒呼氣，但是希薇雅沒有回答，不管是在肌肉撕扯得最激烈的時候，還是在兩次陣痛之間陷入無感的深淵的時候。希薇雅的血肉在她體內剝離開來，她順著自己滑膩的血流出體外，漫過桌面，直到血一滴不剩，她也跟著走了。

諾娜埋葬了女兒，在麵包店裡撫養起這個小嬰兒。她看著他愈來愈長的褐色捲髮，顏色愈來愈深的藍眼珠，想認出害死她女兒的男人長什麼樣子。無論上街、星期天上教堂，還是聖熱內羅節、聖安東尼節、基督聖體節的時候，她都在尋找這男人的蹤影。她是很有耐性的女人。她會靜靜地等候時機成熟，像秤麵粉那樣慢慢一邊加、一邊秤，秤好就堆在她的心上。

她決定拿她曾祖父的姓名給這孩子命名，她只在一張模糊不清的照片上見過她曾祖一次，照片上有一抹白弄矇了他的臉——可能是太陽造成的耀光，也可能是他的鬍子。安布魯佐·斯巴內蒂生性安靜不多話，隨著年紀漸長，變得愈來愈聰明，祖母也慢慢開始仰仗他了。

法布里奇歐太太喜歡穿熱情洋溢的單片式束身洋裝，配上同色系的鞋子。她的鞋全是同一種款式——有走起來會篤篤響的細高跟和一條繫在腳踝上的帶子。安布魯佐每個星期都很期待見到這些鞋子。那時他十歲，和一般十歲小孩一樣，喜歡一個人時毫不畏縮，而他又對色彩特別敏感。但諾娜不信任法布里奇歐太太，不喜歡她那頭長長的黑髮老是散漫地披在肩上的模樣。她來訂麵包的時候，常常緊靠著櫃臺，把上半身往裡面傾，諾娜總覺得她是想偷看她放錢的抽屜。

一個晴朗的星期六下午，安布魯佐送了一打麵包到法布里奇歐太太的公寓。她向他道了謝，然後把麵包收進攤開在餐桌上的旅行箱裡。

那是間一房一廳的公寓。沙發拉了出來，變成一張床。床單擠到了床尾，安布魯佐看見床墊中央有一塊髒污。一隻枕頭被劃破了，羽毛掉在地板上，桌上也有一堆，還散落了幾片在燈罩上。法布里奇歐太太交給他一只裝滿了她的鞋的袋子，要他陪她走到巴士站。

在路上，她頻頻叫安布魯佐回頭看後面，而他則以一貫簡潔的說話方式告訴她，後面沒有人，或者只是幾個小孩，或者只是隆多太太，或者是賴瑞・波伽克牽著他的狗。她誇他能幹，安布魯佐聽了覺得臉頰熱了起來。他低下頭，看見法布里奇歐太太沒穿絲襪，腿上布滿了黑黑細細的腿毛渣。

法布里奇歐太太進去買票，安布魯佐在車站外面等，這時，一個穿條紋西裝的男子找上了他。西裝男輕輕拍了那孩子的肩膀，拍完就搭在上面，捏了一下。

「她要走了是吧？」他問道。安布魯佐搖搖頭，西裝男發出很大的笑聲，哈，接著又哈一聲。安布魯佐感覺到額頭被噴了幾滴口水。那男子伸手進外套口袋，偷偷塞了個銅板到安布魯佐手裡，那是一枚水牛五分鎳幣。「當我沒來過。」他繞過停在前面的巴士，沒多久就不見人影。

法布里奇歐太太上巴士前，遞給安布魯佐一雙鞋，要他交給他祖母。那是雙鮮黃色的鞋。安布魯佐想像了一下諾娜使勁把她長滿老繭的腳趾往裡面塞的畫面，便決定自己把鞋留著。他提著腳踝繫帶，目送法布里奇歐太太爬上巴士階梯。他揮手道別，然後小心地走到車尾，朝轉角後面張望。

穿條紋西裝的男子就在對面，蹲在街上，手裡拿著一把彈簧刀。一輛車快速駛過他身邊，他趁機搶上前，緊貼著巴士輪子。

安布魯佐希望法布里奇歐太太選擇的不是那一側靠窗的位子，希望她沒把行李放到頭頂上的行李架，或是正在對同車的乘客自我介紹，而瞥見車外他正把那男子推到這班前往航港局的直達車車輪底下。就在他一把將西裝男推倒的時候，安布魯佐感覺到身後有動靜，脖子上覺得熱熱的，鼻中聞到了廢氣味。就在這一刻，他知道自己已經找到了人生的路子。

安布魯佐有一種天賦，馬丁・史伯東札在很久以前就看出來了，那時，大家只知道安布魯佐是個沉默的孩子。麵包店的客人都說，他的沉默是天賜的福氣，但諾娜就是覺得他這樣不自然，她知道嬰兒不啼哭是會走霉運的。諾娜固定把他的搖籃放在甜麵包和義大利脆餅之間的架子上。馬丁・史伯東札拿著他那盒又薄又脆的卡諾里甜酥捲，往搖籃裡窺視，安布魯佐也回望著他，那氣質就像一潭止水——漠然而冷靜，當時馬丁就已經替他想好將來該從事哪一行了。他打定了主意，要牢牢抓住安布魯佐，等時機成熟再正式啓用他，爲史伯東札家族效力。

諾娜剛開始獨自經營斯巴內蒂麵包店時，馬丁．史伯東札還只有十歲。他那時發現他家族的名號在這一帶很有份量，於是開始到處去驗證。一天清晨，他打破麵包店側面的一扇窗戶，爬進店裡，用球棒把收銀機砸開。離開的時候，馬丁把十幾條乳酪繞在球棒上，像聖誕樹上的花環，然後往學校走去，沿途分送給陌生人，一面威風地點著頭，接受衆人的道謝。

那天稍晚，諾娜在街上逮到了他。她搶過他的球棒，當著馬丁和他朋友的面，一棒接一棒地猛擊消防栓，直打到球棒裂成了碎片。孩子們鴉雀無聲地站在一旁，等著看她喘夠了氣之後會怎麼做；一見到她開始呼馬丁巴掌，衆人立刻一哄而散。馬丁一路耳鳴著到牧師那兒，諾娜強迫他懺悔，然後拖他回家，指甲像耙子似的緊緊掐著他的手臂。

馬丁的父親斥責他不該對一個寡婦行搶，並保證諾娜家族將終生獲得保護，儘管如此，馬丁仍拒不道歉。因此，只要他到麵包店來，或是在街上遇到他，諾娜見他一次就打一次。打到後來，馬丁漸漸對這位老婦人生出景仰與尊敬之意。諾娜那種無畏的氣魄令他欽佩，也使他開始想要矯正自己在她心目中的印象。事隔多年，他仍在努力。

安布魯佐因爲出門幫麵包店送貨，而涉入了史伯東札家族的事務，剛開始只是跑跑腿，不久就在課餘幹起了全職的詐騙勾當。馬丁非常小心地調配這孩子的工作時間，以遵守諾娜規定的嚴格時間表，並且不讓安布魯佐的勤務干擾到課業、忙到沒時間吃飯，或是害他星期天早上不能幫忙照顧麵包店的生意。

安布魯佐的祖母是個務實的女人。她十六歲時被父母送去美國，在人家家裡幫傭，晚上就寄宿在他們家的小閣樓上。夜裡難以入眠時，她聽著窗戶被風吹得像牙齒打戰，想像著她的兒孫在這間屋子裡川流不息。她讓房間裡擠滿了自己的後裔，在腦海裡凝視著每個人的鼻子、下巴、耳垂，想著他們的名字、中間名、教名——用一長串無止境的字，塡補那寒冷、稀薄的空氣。

有一天她去買麵包，遇上了成家的機會。那個麵包師是單身漢，和母親一起住，而他母親上週剛過世。諾娜分了一條剛才向肉販買的甜香腸給他。下次再到店裡，她便主動提議幫他洗衣服。再過一個月，他們就結了婚，突然之間，她什麼也不缺了，有了男人、小孩和一個家。後來，她陸續埋了丈夫、葬了女兒，必須找別的東西來塡補這些空白，於是埋首做餅乾，做麵包，星期天則做星星麵包，每天都在倒糖、秤鹽。

看著孫子天天去史伯東札家報到，諾娜既感到惋惜，另一方面卻又覺得寬慰。她從一杯伯爵茶，看見了他無可避免的命運：那杯茶在茶碟上翻覆的時候，顯示出一種異乎尋常的鎮定。他的沉著是自然而然、不需要花力氣的，她已經親眼目睹過太多次了：他曾經被烤箱燙傷手，騎腳踏車跌斷臂膀，還出過一場嚴重的水痘，從頭到尾沒哼一聲。泡了水的褐色茶葉在她那套上好的瓷器表面留下了長長的印子，也注入了安布魯佐的未來。

安布魯佐十六歲時墜入了情網。她叫愛咪．斯泰肯夫拉赫，是個紅髮女孩，在第三節的美國史課堂上坐在他斜對角的位子。她的脖子根有一塊歪扭的橢圓形胎記，看起來像一張小小的嘴，安布魯佐喜歡盯著它看，看得愈久，就愈想用手指去按一按。

他常常不經意看見她的塗鴉——用深藍色的筆塗得張牙舞爪的。有一天，他從那些畫得很用力、筆尖都透入了紙背的雜亂線條中，清楚看出那形狀是一頭美洲水牛的頭和肩膀。安布魯佐把一根手指伸進口袋，摸著那個穿條紋西裝的男子給他的五分鎳幣邊緣。他已經習慣不管到哪兒都帶著這枚硬幣——有時放在夾克裡，有時藏在鞋子或襪子裡，隨時用指尖沿著水牛凹凹凸凸的輪廓來回撫摸。安布魯佐學會了讓硬幣在指節上滾過來、滾過去，像一條滑溜的銀魚。望彌撒的時候，他會隔著襯衫口袋摸它，推上來，再讓它落回去。那硬幣若有似無地待在他口袋裡，感覺柔軟得像他舌頭上的聖餐餅一樣。

他仍留著法布里奇歐太太的鞋，就藏在衣櫃的角落裡。年輕一點的時候，他會拿一隻出來陪他一起睡，鞋跟抵著下巴。最近每當睡不著，他又會把鞋拿出來，用鞋面上光滑的黃絲緞，從胸膛往上臂內側的柔軟部位輕輕地拂過去。

大遷徙，歷史老師正說到大遷徙。她拉開大草原民族的分布圖，用教鞭指出移動的方向。她叫安布魯佐說出部落名稱，他只記得三個：阿帕契族、契皮瓦族和蘇族。

放學後，他跟蹤愛咪．斯泰肯夫拉赫回家。他在樹叢裡躲到天黑才出來，去翻她家的信箱，把斯泰肯夫拉赫先生的信件，和斯泰肯夫拉赫太太的購物目錄和雜誌打開來看。他把電話帳單放進口袋，然後爬上前院的楓樹，看愛咪在餐桌上做功課；見到她抓鼻子，他也摸摸自己的鼻子，假裝那是他們兩個之間的暗號。

隔天他問她，知不知道水牛這種動物。

「其實應該叫美洲野牛。」愛咪說道：「以前印第安人會拿牠們的舌頭當毛刷。」

安布魯佐說那眞有意思。他問可不可以請她喝杯奶昔。在「乳品女王」店裡，他把他的五分鎳幣拿給她看。

「哦，不錯。」她說道，從他手中接過來，舔了舔，黏在自己的眼皮上。安布魯佐看那硬幣在她臉上閃閃發亮，覺得胃沉了下去。他聽著她說明以前的人怎麼用獸皮做帳棚，用牛角做火藥筒，用小腸做菸草袋。

「你抽菸嗎？」她問他。

安布魯佐搖搖頭。

「你應該抽的，你看起來就像流氓的樣子。」

安布魯佐瞄了一下自己的手。他的手很寬，指頭又短又粗。

他開始經常去翻斯泰肯夫拉赫家的垃圾桶。他發現愛咪的父親超愛喝黑啤酒，母親負責付帳單，全家人用紙杯用得很凶。他還發現一些廢紙上寫滿了深藍色的字，仔細一看，是情書的開頭部分，寫得很潦草。

親愛的喬：

你不認識我，可是我認識你。

親愛的查理：

你好啊。

親愛的馬克：

你可能覺得很奇怪，不過

安布魯佐讀了一遍又一遍。他把那些名字槓掉，打算寫上自己的，但他拙劣的筆跡和她清秀的字體放在一起，顯得他很蹩腳。他把這些人名列出來，和學校的點名簿交叉比對，發現喬和馬克已經轉到別的學區，查理則是退學加入了海軍。

安布魯佐高中畢業後，史伯東札家族送他到波隆納受訓。他寫信給愛咪，當時她在美國東岸一所很小的私立大學念書，起初也曾禮貌性地回信給他。他在信上跟她聊天氣，而不談他都在學些什麼：如何把人悶死；如何跟蹤；如何從遠距離開槍命中目標；如何像廣告牌上的字、像緩緩吹過樹葉的清風一般，混跡人群之中。

安布魯佐很喜歡一再重讀愛咪的回信。有時候，愛咪會把回信的內容直接寫在他的信的邊緣空白處，然後寄還給他；而那些信紙都是他精心挑選，寫完還摺得一絲不苟才寄給她的。愛咪寫到她的美術老師、寫到河水的氣味，寫到瓦圖西人，以及她當時交往的那些男生。安布魯佐問他們叫什麼名字、住在哪裡、他可不可以去拜訪他們。他的下一封信她沒拆就退了回來，在封口處寫著：請不要再寫信來了。

就某方面而言，這麼一來，他的日子還好過一點。如果他是一塊冰，上面原本還有個小洞，如今這個洞突然封閉了，冰面也變得堅硬而完整。安布魯佐成了班上的頂尖學生。他被安排接受特訓——從電擊殺人到使用毒針。諾娜寄給他一張印了帕多瓦聖安東尼像的祈禱卡，上面寫道：我很好，麵包也都很好。你什麼時候回家？有家人了沒有？安布魯佐把聖安東尼擺在床頭桌上，努力想著他想要什麼。

他第一次正式上工殺人的對象是個小角色，名叫路易・莫洛納，一個賴賭帳不還的D級目標，他出庭供出同夥的罪證，被納入了證人保護計畫。安布魯佐從紐約一路跟蹤他到威斯康辛州的海瓦德，在奧吉布瓦印第安保留區找到他，當時他正試圖以美洲原住民的身份進入保留區。

安布魯佐在賭場後面的玉米田，用皮帶勒死了路易。那是條新皮帶，當天他才在海瓦德市區買的，長度很就手，寬度也很適當，恰好卡在路易・莫洛納的喉結和鎖骨之間。得手之後，安布魯佐切掉路易的手指和腳趾，往他臉上開了一槍，把屍體丟進短耳湖。出城時他順道去了一趟郵局，用快遞把路易的指頭寄給馬丁・史伯東札。

回東岸的路上，安布魯佐想到了兩樣東西：法布里奇歐太太那雙鮮黃色的鞋，正在老家衣櫃裡等著他，以及路易．莫洛納那雙沒了趾頭的腳——看起來多麼靦覥啊。

他開始穿西裝：雙排扣外套，配上成套的背心和寬領帶。諾娜說他這個樣子很英俊瀟灑。她很高興他又回家和她團聚了。早上安布魯佐負責照料攪拌機和烤箱，諾娜工作到中午，然後打烊吃午飯，吃的是熱麵包、蕃茄，還有口味濃重的乳酪。下午她跟客人東家長西家短，同時管收銀機，安布魯佐則到「義大利之子」去找馬丁．史伯東札。

馬丁一面喝著卡布其諾、吃著M&M巧克力，一面交代他新的任務。他把那些糖果分成好幾堆：深褐色的一堆，淺褐色的一堆，橘色、黃色、綠色的各一堆。每種顏色代表一個權力階級，深褐色是士兵，黃色是軍師。馬丁把一顆綠色糖果沿著桌面彈過來，安布魯佐知道下個目標是誰了：洛可．布里歐利。

洛可當上布里歐利家族的首領已經二十五年了，紐約市一切產品的物流、配銷與販售都控制在他手中，全市八百萬人需要的蔬菜水果都由他們經手。馬丁．史伯東札想搶下他的生意。

安布魯佐準備了一個月。他追蹤布里歐利的動向，掌握他的固定行程和消遣活動，找

到了一個絕佳的機會：他可以在自然歷史博物館爲修復北美哺乳類生態展示布景所舉辦的義賣會上動手。布里歐利是剝製動物標本的業餘愛好者，平常就很喜歡在那些布景間漫步；他是熱心的贊助人，也是董事會的一員，邀請函還是他親自寄發的。

美洲獅前面安排了一組樂團，吧台緊鄰著加拿大紅鹿，白頭貒豬和紅背田鼠旁的小型哺乳類走廊上擺著一圈又一圈的小點心。安布魯佐穿了燕尾服，坐在美洲野牛前面的長凳上。櫥窗後面一共有五頭，看起來身上的毛都布滿了灰塵，背景上描繪的一大群野牛，已經因爲年代久遠而龜裂、泛黃。這幾頭野牛身軀龐大，而且雖然是在這樣的人造布景中，依然不減牠們威風凜凜的氣勢，令安布魯佐十分神往。

昨天他偷偷將一把配備了遙控發射器的自動武器，裝在阿拉斯加棕熊的腦袋裡，遙控器現在就在他外套左邊的口袋裡。當洛可．布里歐利在棕熊的櫥窗前停步，指出哪些小地方需要修復——嘴唇要重新上顏料，那頭熊少了幾根爪子——的時候，安布魯佐快速對他開了一輪火。

棕熊和賓客之間的玻璃整片粉碎。兩發子彈射入洛可的胸膛，另一發穿透了他的氣管。他搖搖欲墜，血從脖子上的洞不斷湧出，安布魯佐再補上一輪，這次把洛可的頭顱轟掉了一大半，跟著遭殃的有兩個華爾街經理人，和紐約大都會歌劇院的一名男高音。布里歐利的手下朝那頭棕熊開槍還擊，射斷了它的前腿，打爛了體內的填充物。棕熊倒在它伙伴身上。大理石地板上全是玻璃碎片，金主們爭先恐後地往出口衝，到非洲區和太平洋群島區找掩護。安布魯佐喝了杯香檳，不慌不忙地上了樓梯，經過恐龍走出博物館。他很遺憾連累了那個男高音。

安布魯佐在一棵連翹的低矮樹枝下等待夜色降臨，對自己的存在開始產生了疑問。他把狙擊鏡對準一對年輕男女，分別是淺褐色和橘色的M&M巧克力。他們正在野餐，女人兩腿夾著一瓶葡萄酒，毯子上擺著黑麥三明治、小罐的蜜汁芥末醬和綠蕃茄酸甜醬。從波隆納的訓練營回來之後，安布魯佐問了諾娜，愛是什麼感覺。那時她穿著拖鞋，正在擀晚餐要吃的貝殼麵。

「我的手好老了。」她說著，把手抬起來；她的前臂很粗，布滿了老人斑。她把手翻過來，嘆了口氣。「愛的感覺就像快死了，就像道別。」

他下手前，有時候會想一想他要殺的人，有時候不會。

那對年輕男女把乳酪塗在鹹餅上。安布魯佐看著女生拿一條餐巾，幫男生把嘴唇上的餅屑擦掉。他感到很奇妙，成年人都會互相這麼做。他慢慢了解到這是很平常的動作。其他時候，他也在狙擊鏡中看過同樣的事，只是擦的東西換成一抹巧克力、一滴蕃茄汁，或是在嘴唇邊沾了一圈的夏威夷潘趣酒。

他等他們吃完甜點——無籽葡萄和奇寶餅乾。女生開始收拾冷藏箱，她正在封一只夾鍊袋的時候，他朝她開了槍。他遠遠看見醃黃瓜的湯汁灑在草坪上。她倒地時一點聲音也沒有，那時正在甩毯子的男生完全沒有察覺。安布魯佐在他察覺之前就解決了他。

史伯東札家族勢力愈來愈大。馬丁爲自己的先見之明甚感得意，並頒給安布魯佐一面刻著「年度最佳殺手」的勳章。他考慮搬到蒙大拿州，玩飛繩釣。就在可望達成退休前的財政目標之際，史伯東札交給了安布魯佐一顆綠色的M&M巧克力。

西恩．歐萊利是個體格魁偉的義大利人，從小生長在愛爾蘭家庭。他以經營海上賭場發了大財，這支船隊招攬城裡來的賭客，然後開到法律管不到的地方，一路上飲食都是無限量供應。他擁有一架直昇機，酷愛吃炸槍烏賊，幾乎當成一種信仰，聲稱它能強化神經功能，有助他的生意頭腦。

安布魯佐不費吹灰之力就弄到一個在船上的職位，當二十一點的發牌手，而且恰好來得及參加西恩．歐萊利創辦的年度蓋爾文化節。那一天所有的發牌手都要戴上綠色的塑膠禮帽，背幾句蓋爾人的常用語，例如「熱烈歡迎」，或是「愛爾蘭萬歲」之類的。西恩穿著亮晶晶的西裝，和皮科特印第安部落族人在賭桌之間來回巡視。他計畫成立接駁車，從市區直達快活豪華大賭場，如此賭場的來客量必定暴增。他會叫賭客回家好好搜刮一番，再來把輸掉的錢撈回去。律師已經來簽過約了。

安布魯佐在塑膠禮帽底下，藏著一疊邊緣鑲了刀片的撲克牌。西恩．歐萊利經過他這一桌的時候，安布魯佐拿出那疊牌，玩了一手天女散花。一張張銳不可當的黑桃和梅花快速旋轉著劃過天空，紛紛落在衆人的手臂、額頭、脖子和手掌上。皮科特酋長的臉頰中了一張方塊Q，一個律師耳朵上吃了一張紅心三。霎時場面一片混亂，尖叫聲四起，許多人大打出手，安布魯佐則溜到了桌子底下。

西恩．歐萊利左眉插著一張梅花J。他剛伸手一拔，立刻感覺到下巴底下受到猛烈一擊，安布魯佐用他那支貝瑞塔一槍擊碎了他的顎骨，子彈繼續往上竄進了腦門。在混亂中，沒有人發覺他倒地了。安布魯佐取下槍口的滅音器，把禮帽留在桌子底下，爬了出來。

上了甲板，一波波打上船側的浪把船推得東搖西晃。安布魯佐站在暗處等了一會兒，注意有沒有人跟蹤他。這天是滿月了，只見月亮在水面上不斷地顫動著，安布魯佐這才想到，他一直很怕月亮。小時候他常做噩夢，夢見月亮在追他。走夜路回家時，他也常覺得月亮就在他肩膀後面，而且好像愈來愈快，就要抓到他了，走著走著便拔腿狂奔起來。安布魯佐屏住了呼吸。沒有人跟蹤他。他組好一艘橡皮艇，放下水，然後割斷繩子。

在諾娜的葬禮上，安布魯佐想著麵粉、酵母和溫水。他坐在教堂前排的長靠背椅上，一邊是馬丁．史伯東札，另一邊是祖母滾球隊的隊友。她球一擲出，人也跟著倒地，沉重的球轉啊轉的從她指尖落到了草地上，離目標球才幾吋遠。葬禮所用的舊約經文選自《智慧篇》：義人的靈魂在天主手裡。

葬禮的事都是馬丁打點的。一座桃花心木棺材，加上綢緞襯裡，還有一組下葬用的氣密式強化鋼質外殼。他一隻手一直搭在安布魯佐的肩頭，彌撒進行到一半，他意識到他這安慰人的姿態，其實是在安慰他自己。他拿出手帕，流下了眼淚。

安布魯佐在堅硬的木頭長椅上坐著，什麼也感覺不到。他這幾天都在聽別人哭。守靈時，前來哀悼的人排成長長的一列，魚貫從靈柩前的跪禮台通過殯儀館，出了後門，經過停車場，沿著人行道，拖著沉重的腳步走到教區神父的住所後方，讓教堂的女士們拍拍肩膀，接過一小杯咖啡。安布魯佐獨自站在棺頭承受眾人的擁抱和慰問，一面等待那悲傷的感覺降臨。

棺蓋已經闔上了，他還在等待。在這之前，他吻別了諾娜，嘴唇觸到她的臉頰，感覺像蠟一樣，光滑而沒有彈性。在幾個鐘頭之後的葬禮上，安布魯佐覺得嘴唇上仍然留著那堅硬的觸感，並且開始爲自己居然並不爲此難過而感到不安。他用指尖在嘴唇上來來回回地摸，身旁的馬丁把臉埋在他那頂波沙利諾帽裡泣不成聲，鼻涕眼淚弄髒了帽子內層細緻的絲質襯布。

愛咪．斯泰肯夫拉赫到場了，推著嬰兒車，沿著大理石走道走向前台，車上載著兩個幼兒，一個睡著了，一個在吮腳趾。愛咪如一陣輕風般通過祭壇，把嬰兒車停靠在告解室前面。

「我結婚了。」稍後她在教堂地下室的接待會上說道，她正在試奶瓶的溫度。「也很快樂。」

安布魯佐說他很替她高興。他看著奶水從橡膠奶嘴滴下，流過她掌根纖細的靜脈，繞過了腕骨。他問她丈夫叫什麼名字，問他在哪兒高就，問他通常幾點回家。愛咪一一回答了，然後把孩子抱上她那輛廂型車的後座固定好。她交給安布魯佐一支硬紙板做的圖筒，對他說她很遺憾。

當天晚上，安布魯佐打開圖筒，發現裡面是一幅用炭筆畫的水牛。水牛正在吃草，長滿厚重鬃毛的頭低垂在大草原上。

夜裡他又開始唸玫瑰經了。

馬丁．史伯東札從蒙大拿州寫了一封信給安布魯佐，信上說他坐在河邊，背後是層層疊疊的山巒，他感到與自己的心靈十分親近，不過還是很想念義大利前菜。他請安布魯佐寄些新鮮的義式肉品、一罐橄欖和一塊帕馬森乳酪給他。由於家族事務不再歸他掌管，洛可．布里歐利遇刺的內情已經走漏出去，馬丁警告他要當心遭到報復。他並告訴安布魯佐，他是他父親。

安布魯佐追蹤到了愛咪的丈夫，發現他長得很瘦，一臉倒楣相。他心想，要踩扁這個人多麼容易啊。安布魯佐透過狙擊鏡，看著愛咪的丈夫搔鼻子，看著他拿出車鑰匙，打開車門，把公事包往後座一扔，上了車，發動引擎，開到停車場的邊緣，停了一下，轉個彎，開進了車流。他還在吹口哨。

當天晚上，安布魯佐再度試著下手。他爬上他們屋旁那棵樹。他可以清楚看見浴室裡面。愛咪的丈夫正抓著牙線在剔牙，兩眼直挺挺地望著鏡中的自己，他嘴巴張得很開，歪向一邊，然後又歪到另一邊，好搆著臼齒。在隔壁房裡，愛咪穿著浴袍坐在床緣。她站了起來，走到窗口，把窗戶推開。安布魯佐就在十五英尺外。

她滿臉倦容，嘴角四周堆著一些皺紋，看起來似乎心情不好。她的頭髮鬆鬆地綁成一條辮子，兩手擱在窗台上，然後又縮回去，在胸前畫了個十字。她轉身往浴室走去，就在要進去的那一刻，她回頭望了一下安布魯佐藏身的暗處，然後揮了揮手。

在「義大利之子」店內，安布魯佐得知他被人盯上了。布里歐利家族和《托斯卡》的演職員聯合聘請一組人馬要除掉他，安布魯佐平靜地接納了這個消息。他點了一份三明治，就著那堅硬、酥脆的麵包一口咬下，蕃茄籽塞進了牙縫，他伸舌頭舔了舔那些小小的凸塊，懶得費神把它們弄掉。

安布魯佐還在等著看自己何時能體驗到某種感覺。除了像透過冰塊傳來的隱約一點震動之外，他心裡頭什麼也沒有，不過在愛咪家院子裡的暗處、背靠在樹皮上的時候，他幾乎就要感覺到了。哈囉。那感覺向他打招呼。等他明白自己也想揮手向對方說哈囉的時候，她已經轉過身去，走進了浴室，兩手輕輕環抱著丈夫的腰。

安布魯佐收起了槍。他把他的刀子、鏈條、短斧都處理掉了，電鑽、鍊鋸和可攜式冰櫃捐給了慈善機構。私藏的氰化物和巴比妥酸鹽全沖進了馬桶。他把所有的黑色皮手套都送去乾洗店，沒打算拿回來。

他在諾娜的麵包店裡，已經三十四歲了。收銀機發出的響聲依然跟他小時候聽見的一模一樣。這時天色剛暗，月亮出來了。那一槍穿過麵包店的窗子射了進來。

他一直在等這一槍。爲了打發時間，他拿起諾娜的食譜來讀。在書頁邊緣，他發現諾娜以粗黑的草寫體寫下的註記，用了許多驚嘆號強調重點：檸檬，不加香草！小蘇打粉兩撮！胡桃！三百五十度！四分之一杯牛奶！安布魯佐聽見了她的聲音，一遍又一遍地喊著這些作法。他前後翻動書頁，想找她的手。

每個人臨死之前，總有那麼一個片刻，而安布魯佐的那一刻是用來思索瑪澤潘杏仁糖糕。他查到使用材料是杏仁糊、蛋白和糖粉。小時候，諾娜會把做好的杏仁糖糕捲成一捲，切成硬幣狀，安布魯佐再用模子在上面壓出各種圖案，像小花啦、十字架、泰迪熊等等，做成他私人的錢幣。最後，他會一個接一個，把這些錢幣吃掉，直到味蕾都麻痺了，再也嘗不到甜味爲止。

工作檯上還有麵粉。安布魯佐把指頭伸進去，將麵粉搓在一起。他感覺得到殺手正在玻璃外面看著他，小心地把槍擺在適當的角度上。他放下書，抬起頭，動了動肩膀。如果這一槍沒遇上阻礙的話，會正中他的心臟。

話不投機

喬伊・魯道夫的媽媽是鎮上僅有的一家快餐店裡唯一的女侍。她究竟什麼時候懷的孕，是街頭巷尾議論的焦點。有人說孩子的爸爸是被徵召入伍的士兵，已經戰死了；有人說是推銷員；也有少數人懷疑，是鎮上某個已經有家室的人。

無論如何，喬伊的媽媽並沒有離開鎮上，進入未婚問題少女收容所，或是手裡抓著一張髒兮兮的地址，搭上巴士到城裡去找人。她還是繼續跟守寡的母親一起住在家裡，繼續在快餐店當女侍，直到肚子開始大起來爲止。她也沒上醫院，孩子就在她童年時睡的那張床上產下；她剛聽見喬伊的哭聲，就叫母親把他抱走。這孩子沒受過洗，但母親倒是每有教會活動必定現身，把孩子往別人家的小朋友之間一丟就不管了，當他瘟神似的。

「你怎麼會變成他的學伴？」丹尼・敏頓的母親逼問他。

「不是我選的，」丹尼說道：「是老師分配的。」

「那勞夫・克茲呢？」

「我們三個同一組。只有歷史課而已。」丹尼再度用毛巾蒙住臉，把頭垂到爐子上的一盆沸水上方。水氣蒸騰著熏上他的臉，然後從毛巾邊緣宣洩出去。在他背後的餐桌旁，他父親嘩地一聲翻了一頁報紙。

「大概所有的功課都是你在做吧。」敏頓太太說道。她揉著丹尼的肩膀，往他背部中央捶了一下。「好點沒有？」

「我沒事。」

「你明明就有事。」

敏頓先生又嘩地翻了一頁報紙。

「我知道你和勞夫是好朋友，可是你要記得他媽媽發生了什麼事。」敏頓太太說道：

「他們家老是出那種頭殼壞掉的人。」

「他是班上成績最好的耶。」

「那是因爲他爸爸免費幫你們校長修車。」

丹尼深深吸了一口水蒸氣。他知道勞夫爲什麼功課好，因爲要是不好，他爸就會打他。

敏頓先生又嘩了一下報紙。

他老婆走到餐桌旁把報紙拿走。「你難道不關心兒子將來的前途嗎？」

「我早就知道他的前途是什麼了。」敏頓先生說：「他要留在家裡幫我做事。」

敏頓先生從戰場回來以後，想過要當個詩人；不過後來老婆有了身孕，老爸年紀也大了，火雞場總得有人經營。十二年來他一直在修籬笆、釘雞舍、弄飼料、割草——斜眼歪嘴地坐在曳引機上，看著刀片像切肉似地劃斷草莖。到了收成的時候，他就用板條箱把火雞一箱箱裝好，請卡車載到屠宰場去。沒幾天，那些火雞就被拔得光溜溜、去頭去尾，出現在同一條馬路不遠處那間市場的冷凍櫃裡了。

他兒子丹尼對火雞過敏，這一點每個人都看得出來，唯獨敏頓先生不知道，他堅信這孩子三天兩頭身體不適，是因爲懶惰，怕吃苦。他怪老婆太寵孩子，害他弱不禁風，怪她花了那麼多錢買什麼高功率吸塵器。敏頓太太把羽毛枕換成了泡棉枕，把羽絨被換成了棉被，還囤積了一堆維克斯感冒藥，並堅持要去找醫生看看。她把手放在丹尼額頭上，而敏頓先生對兒子的失望卻一直在滋長，像個囊腫似的埋藏在他心裡。

丹尼抵達圖書館的時候，勞夫已經先到了一陣子，用書在參考室中央的桌上占好了位置，把桌面都蓋滿了。勞夫・克茲不愛說話，指甲經常很髒，他是丹尼・敏頓最要好的朋友。他知道什麼時候該挺身而出（兩個男生拿著棍子），什麼時候該退一邊去（一個女生抱著毯子）。他媽媽住在北漢普頓的精神病院。她生下勞夫之後就不再穿衣服了，並開始產生幻聽。克茲先生簽字同意將妻子交由國家照顧，獨力在自家開設的加油站撫養勞夫。

「喬伊呢？」丹尼問道。

勞夫翻開一頁《肉品生產史》。「在期刊區。」

丹尼往書報架的方向望去，架上面放滿了報夾和包著塑膠套的雜誌，喬伊正在看最新一期的《國家地理雜誌》。他喜歡收集地圖，會趁館員不注意的時候把地圖從雜誌上撕走。母親上晚班時，他就在廚房的牌桌上把地圖一張張攤開，跟著它們到處神遊。

「你看這個，」勞夫說著，把他正在看的書推到丹尼面前。那一頁印著一系列照片，說明家禽在工廠裡的屠宰過程——一隻隻被鉤子掛著腳，倒吊在履帶上，浸到一大缸沸水裡。「爲什麼要這樣做？」

「這樣羽毛比較好拔。」

「可是牠們還活著耶。」

「牠們的腦很小，」丹尼說：「我爸說牠們沒什麼感覺。」

「超噁的，」喬伊說著，來到了他身後。「屠宰場裡面就像那樣嗎？」

「我沒去過。」丹尼說。他媽媽不讓他去。

勞夫遞給他們兩個一人一張紙。「我想到了幾個題目。」

「我選死鳥的好了。」喬伊說。

寫完報告之後，他們一起到敏頓家的火雞場吃午飯。敏頓太太做了波隆納香腸三明治給他們吃，她向勞夫問候他父親，但沒跟喬伊說話。丹尼知道，等大家走了以後，他就要吃一頓排頭了。

吃飽了飯，三個就到外面去逗火雞玩，沿著籬笆跑來跑去，假裝手裡有食物，那些火雞就像一群魚一樣來來回回跟著他們跑，彷彿被集體催眠了似的。

「眞的很臭。」喬伊說道。

丹尼點點頭，雖然他的鼻子塞住了，根本聞不到臭味。「是火雞糞的味道。」

「你有幫牠們取名字嗎？」

「怎麼可能，」丹尼說：「我們只養到大概十二週而已。」

喬伊撿起一根棍子，開始敲打籬笆。那群火雞專注地看著他的動作，頭一齊上上下下浮動著，好像大夥兒默默地表示贊同某個想法似的。

「等一下，」勞夫說道：「你們聽見了嗎？」

丹尼打了個噴嚏。「我沒聽到聲音啊。」

勞夫抬起兩手抵著太陽穴，閉起眼睛。「我正在接收火雞傳來的訊息。」

丹尼不以爲然地傻笑道：「牠們說什麼？」

「拜託不要燙我們。」

「夠了你。」

「牠們說我們應該去好萊塢。」

「去幹嘛？」喬伊把棍子伸進籬笆去戳一隻白色的大公火雞。那火雞回過頭來看他，側著臉先用一邊的眼睛，再轉過去用另一邊的眼睛。

「訊號變弱了。」勞夫說著皺起額頭，瞇著眼睛。「等一等，我聽出來了。牠們說你爸爸在那裡。」

喬伊將他用力往籬笆上一推，勞夫撞上柱子，跌到了地上。過了一會兒，勞夫跪著直起身子，嘴唇裂了一條縫。火雞聚集在他後面想討東西吃。

「算你運氣好，我不打瘋子。」

勞夫站起來，拍掉身上的灰塵。「對不起啦。」

喬伊聳聳肩，把棍子遠遠地丟進了野地。一小群火雞脫隊往那方向追去。

「牠們說他是電影明星。」勞夫小聲地說。

「哪一個？」

「勞勃・米契。」

「少來了。」

「你長得眞的有點像他。」丹尼說道。

喬伊抬起一隻手指摸了摸臉頰上的酒窩。

「屁啦。」他說道，不過內心倒是有一部分很想相信這是眞的。儘管喬伊開始以大笑來掩飾，但丹尼和勞夫還是看得出他有些心動了。

他們的報告一場糊塗。丹尼只把他們準備的筆記打完了一半，喬伊把一篇屠宰場的記述文讀得鬼氣森森，而試圖力挽狂瀾的勞夫唱了一首勞工運動歌。強森老師給他們這組打了丙下。

「你那麼擔心幹什麼？」喬伊問道：「我們及格啦。」

勞夫咬著手指。

「是我的錯，」丹尼說：「要不要我去跟你爸說？」

勞夫搖搖頭。他是故意不接受的，有一部分的他總想做些壞透了的事，做完了就垂手而立，自豪又害怕地等著，知道自己待會兒會有什麼下場。

他把成績單放在桌上，他父親便往椅背上一靠，兩手緊緊交叉在胸前。克茲先生是在寄養家庭長大的，挨揍是每天的事，他的鼻子有三個地方斷過。他很少講話，一旦開口就是要罵人了。如果鎮上有別的地方可以加油，大家肯定不會光顧他這裡。

迫不得已把太太送到公家的精神病院之後，克茲先生決心一定要讓兒子出人頭地。他不希望勞夫將來變成黑手，學著怎麼把車拆開再裝回去。他要兒子念大學、賺大錢，好把老婆轉到不會把病人鍊在牆上的私人精神病院；他不要兒子跟著他在修車廠裡混。而現在，這孩子就站在他面前，克茲先生看見了無助、自卑——都是他想忘掉的自己的那些部分。他開始搓鼻子。勞夫把皮繃緊了，他知道那是暖身動作。

晚一點的時候，勞夫從他房間的窗戶溜出來，跨上腳踏車，來到敏頓家的火雞場。院子裡有許多微弱的光芒在閃動。他聞到乾草和潮濕的落羽氣味，在籬笆旁邊蹲了下來。

一小群火雞在院子裡到處走，脖子下的肉垂像擺垂一樣在微風中晃來晃去，月光把牠們翅膀上的白映照得特別亮。牠們朝他逼近過來，勞夫緊張得屏住了呼吸。他可以看見牠們頭部的皮膚像起著一粒粒水泡，那表皮看起來一按就會凹下去，像融化的紅蠟。牠們盯著勞夫看，彷彿早就知道他腦子裡有哪些念頭。

「我瘋了嗎？」他說道。

他覺得那群火雞靠得更近了。

敏頓太太站在門口，勉強擠出一絲笑容。喬伊・魯道夫來到她的門廊，要找她的兒子。她大概可以猜到老師爲什麼把這三個男孩湊在一起了：一個是瘋小子，一個是私生子，一個是火雞農體弱多病的兒子；他們全都住在郊區。不管丹尼發生什麼事，她都會覺得是她的錯。「他在打掃雞舍。」

丹尼原本該在外面工作的時候，卻在廚房被父親逮到了。現在他嘴巴和鼻子圍著一條印花大手帕，正在將堆積如山的火雞糞和羽毛用耙子掃到雞舍外，弄成一堆堆的。那些火雞屁股朝著他擠在一起，咕嚕咕嚕地叫得很不耐煩。

「我一直在想，」喬伊走到離他夠近的地方，對著他喊道：「我們一起出去旅行一趟也不錯。」

「去哪裡？」

「這個嘛，」喬伊站在籬笆邊說道：「先離開這裡，其他的再說。」

丹尼想到他走進廚房時，見到父親的那個表情。沒用的東西，敏頓先生吼道，對什麼事都不在乎！可是，丹尼其實在乎很多事情。他已經十四歲了。他在乎他爸爸怎麼想，在乎媽媽高不高興，在乎什麼時候會有第一次性經驗，還有在乎他的朋友。

一座雞舍傳來拖著腳走路的聲音。丹尼心裡一驚，掄起耙子高舉過肩，像準備揮棒的姿勢。勞夫四肢著地由雞舍的小通道爬了出來，對著光猛眨眼，褲子上沾滿了火雞糞，頭髮上黏著羽毛。

「你怎麼了？」丹尼問道。

勞夫聳聳肩。他臉頰上爬著一條蜿蜒的黑線，一邊眼皮腫了，帶著點青紫色。他用指尖輕輕地碰觸那隻眼睛，好像在測量它腫了多大。

丹尼正要把印花大手帕遞過去，不料打了個噴嚏，又收了回來。三個男孩不發一語地站了一會兒，看著火雞們享受這舒爽的春日。牠們咯咯叫個幾聲，趾高氣昂地走個兩步，伸了伸那些不久就要變成棒棒腿的腳。

「你們打算什麼時候走？」勞夫問道。

男孩們在黎明前出發了。馬路上空蕩蕩的，路面因爲露水而濕成一片。丹尼感覺得到他口袋裡裝著從媽媽皮包偷來的錢。走近加油站的時候，他看見勞夫拿著手電筒站在屋外，穿著黃色雨衣，兜帽套住頭，額頭上掛著一副護目鏡。

兩個男孩把克茲先生那部老雪佛蘭推到街上，勞夫從駕駛座的窗外緊抓著方向盤，丹尼在車尾推。兩人就這樣一路推到十字路口，把車推進路邊的草地上等著，四隻眼睛直視著遠方的田野，沒多久就看見喬伊穿越田野走了過來，他帶了一條毯子和一個便當盒。

他們吃了好幾天的花生醬三明治，累了就在卡車休息站上廁所、喝咖啡。喬伊沿途教丹尼和勞夫開車，在荒僻的馬路上橫衝直撞，在十字路口頻頻熄火，嘎嘎作響地練習換檔。他們發現一間救世軍的服務處，在那兒洗了個澡。一路上吃了一包又一包的棉花糖。他們輪流說笑話、講故事，玩些小時候學到的把戲，分享各自生活中的點點滴滴，他們從來不知道、也沒想過將來有一天會把這些事告訴任何人，純粹只是爲了打發旅途中那些無聊的時間。

接近阿馬立羅的時候輪胎爆了，爆得乾淨俐落，雪佛蘭突然像鬼怪附身似的顫抖著橫過馬路。喬伊踩住煞車，車子顛簸了幾下，殘存的胎皮拍打著路面，然後戛然而止。車外的大地是深沉的紅色，間或有少許細瘦的灌木散亂地點綴在一望無際的空間之中，像一群遺世獨立的孤鳥。車窗上覆蓋著一層厚厚的塵土，路筆直地往地平線延伸過去。

男孩們坐在引擎蓋上，聽著引擎滴滴答答地響。差不多是晚餐時間了，他們把一塊花生醬三明治和一根香菸各分成了三段，像小孩子一樣耐心地等待救星出現。一個鐘頭之後，他們看見西沉的夕陽打在遠方一輛卡車的擋風玻璃上反射回來的強光，喬伊脫下T恤在頭上揮舞，一面大聲呼喚。

他們每到一個新的城市，車就換人開。喬伊開的是艾克城、聖羅沙和京曼；勞夫開夏姆洛克、阿布奎基和尼德斯；丹尼開了土爾沙、加洛普、巴斯托，接著又繼續馬不停蹄地開到聖伯納迪諾剛過的懶骨頭汽車旅館（客滿）才停下來。

他們撞上汽車旅館招牌的時候是凌晨三點半。原本伸開四肢躺在後座的勞夫撞到車地板才醒過來，他一時難以呼吸，掉了一身的碎玻璃弄得他皮膚癢癢的。他看得見丹尼的腳。好像哪裡傳來有人喉嚨被扼住的聲音，後來才知道，坐在駕駛座旁邊的喬伊把頭伸到窗外睡，一撞之下整個人往前衝，脖子就碰在窗框上。

接下來幾天，喬伊喉嚨上都印著那一大條黑黑的勒痕，好像有人本來想把他勒死，最後百般不願地放了他。他沒辦法吞嚥，後來只能用破破的氣音，向警察逐個字母拼出他的名字。記筆錄的警員得把身子湊過去仔細聽，才聽得見他在說什麼。

三個男孩都沒有駕照。他們暫時被拘留在警察局，勞夫在那兒咬手指，丹尼踢著牆壁，喬伊懶洋洋地躺在臥鋪上，看著天花板，那上面有很多污點，他在想不知道那是油漬還是水漬。然後他把臉轉開，背對著另外兩個男孩，免得他們看見他在哭。

「我大概是睡著了。」丹尼說道。

「大概？」勞夫撕下一塊手指皮。「現在要怎麼辦？」他是指等他們的爸爸來了以後。

丹尼走到門邊，拉了拉門把，鎖著。「他們會把我們宰了。」

克茲先生接到警察局的電話：懶骨頭汽車旅館的招牌全毀，老闆打算提告；三個男孩都未成年，只能交還給監護人；還有兩天就要提訊了，必須有人搭飛機到西岸來接他們回去。

敏頓太太提議，其中一個孩子的父親去就可以了，但父親們聽不進去。他們都不想讓別人來收拾自己家的殘局。大夥兒還一起上快餐店去告訴喬伊的母親他兒子在哪裡。他們熬過了大蕭條，也都上過戰場，自己的問題要靠自己解決。

在往加州的飛機上，克茲先生坐得文風不動，思考著要用哪些方式把兒子的手打斷。這是他第一次搭飛機，可是搭得一點也不開心。他在飛機上計算里程數，想算出每一哩要花多少錢。他辛辛苦苦存下來準備供勞夫念大學的錢，這下都花在機票上了——去程一個機位，加上回程的兩個。這麼一來，他兒子要上大學只有一個可能，就是如果他的成績可以申請到獎學金的話。那麼他得能寫字才行，因此，克茲先生計畫只打斷他的左手就好。

敏頓先生坐在他旁邊，在供人量機時用的紙袋背面寫東西。那可不是詩。他是在列出回家之後要叫丹尼做的每一件工作，從那間老庫房開始一個地方一個地方來，整座火雞場的每一處都不放過；全是最困難、最粗重，以前他只會留給自己做的那些勞役。敏頓先生透過飛機上小小的窗戶凝視著外面，雲層朝四面八方鋪展開來。他想起羅伯特．佛羅斯特和他那首〈未走的路〉，心裡想著，有時候人就是沒有選擇的餘地。

到了警察局，兩個爸爸看也不看兒子一眼，把領回三個孩子的文件都填了，然後跟法院指派的律師會面，與懶骨頭汽車旅館老闆談妥了一筆金額，由兩人分攤。之後才到當地一家快餐店，讓大家吃點東西。男孩們都餓了，點了三明治和可樂；兩個父親則點辣牛肉醬，吃的時候用湯匙氣呼呼地刮著碗，把他們生活中一切的不如意歸咎於這些菜。

餐後，敏頓先生交給喬伊一個信封。

「你媽媽要給你的。」他說道。

喬伊打開信封，裡面是一封信和四十塊美金。喬伊讀著信，讀完放了下來，看著那兩個父親。敏頓先生清了清喉嚨。克茲先生打手勢叫侍者過來買單。付過帳之後，兩人又各給了喬伊二十塊美金，並跟他握握手，祝他好運。

勞夫和丹尼始終沒機會知道信上說了什麼，不知道是要他去投靠附近的某個親戚呢，還是信裡附上了喬伊父親的地址呢，還是就只是跟他說再見。接下來的事情像浮光掠影，發生得很快——勞夫和丹尼要走了，而喬伊沒有。他們搞不清楚這究竟是一場惡作劇，還是一個試驗。父親雙雙抓著他們的肩膀，走過快餐店的落地窗。他們回頭望了一眼，看見喬伊挺著青腫的喉嚨，面對一桌空盤子，呆若木雞地坐在被人遺棄的包廂之中，彷彿他早已成了一個回憶。

上了飛機，距離開始一哩一哩地拉開，勞夫和丹尼繫著安全帶，坐得很彆扭。這種刺激感是截然不同的。他們覺得耳朵脹脹的，胃不時便翻攪一下，機翼一開始傾斜，他們就緊抓著座椅上的把手。慢慢覺得不怕的時候，就看看窗外；又開始害怕了，就咬著嘴唇想自己的家。

離家出走三週之後，他們回到了學校。勞夫悶悶不樂的，一隻手臂用吊帶掛在脖子上；丹尼臉上被擋風玻璃碎片嵌入的地方，縫了幾條細小的線。他們一起故作輕鬆地向同學打招呼。

就在同一週，工友把喬伊的課桌椅從教室搬走了。工友掀開桌板，搜了搜裡面有些什麼東西：一本深紅色的筆記簿、英文課本、歷史課本、一個空的菸盒、一疊繪圖紙、一把黑色的小梳子、幾枝斷了的鉛筆，和一塊包在蠟紙裡的三明治——已經變成一團又紫又藍又綠的腐爛孢子怪物，這段時間就一直在全班同學身旁的暗處，不斷地化膿、變形，長得欣欣向榮。

痂掉了以後，勞夫的手臂顯得蒼白而枯槁，和他的右臂配不成一對了。隔天他帶了一張從亞利桑納州旗竿鎮寄來的明信片到學校去，上面寫著：回來好像要花比較久！

「已經好幾個月了耶！」丹尼說道：「他是用走的嗎？」他們把黑板前面那幅美國地圖拉下來。丹尼在旗竿鎮的位置貼了一張膠帶。明信片在教室裡到處傳閱，大家議論紛紛，把原本在座位上做別的事的同學也吸引了過來。他們熱烈討論喬伊大概去了哪些地方，做過哪些事情，最主要的是他們心想：他還活著！不知道他還要多久才能回到家。

丹尼認為他們應該到快餐店去找喬伊的媽媽，把明信片拿給她看，他想要負起責任。那時，敏頓先生一回家就把暈機袋貼在冰箱上，而今丹尼已經將列在單子上的事完成了一大半：把老庫房拆了，清出累積了不知道幾百年的垃圾。由於母親的幫忙，他郵購了一個呼吸器，整天戴著它在火雞場工作。他咬著牙不讓噴嚏打出來，經常想起喬伊，走到腳都麻木了。他摸了摸喉嚨——喬伊最後被他們丟下時的身影，一直在他腦海中揮之不去。

勞夫百般推託，不太願意把明信片交給他，也不想去快餐店。他說喬伊的媽媽不會在乎這個，「是她自己不要他的。」

下午，丹尼一個人去了快餐店，他知道這個時間店裡比較不忙。他坐在櫃臺前面，點了一杯奶昔。喬伊的母親站在廚房門口吸菸，她的樣子就像櫥窗裡的展示蛋糕，很美但是沒有味道。

「請問，」丹尼明知道是，但依然問道：「妳是喬伊．魯道夫的媽媽嗎？」

她放下菸，動也不動地呆立了一會兒，才把菸吐出來。她臉上有化妝，丹尼看得出她臉頰旁邊有一小塊沒化到，膚色看起來比較淺，像燙傷之後脫了一塊皮。

「我就是。」她說。

丹尼把明信片拿給她。午後的陽光打在點唱機邊緣的金屬，和鍍鉻的餐巾紙架上，亮得叫人睜不開眼。他突然覺得自己不應該來的。喬伊的媽媽看著他拿給她的東西，笑得鼻子都皺在一起。

「這不是他的筆跡。」她說道：「連郵戳都沒有。你覺得這樣很好玩嗎？」

丹尼不知道說什麼好，只能抓著他面前裝了奶昔的玻璃杯。他手指又冷又濕，覺得自己像個呆子，因爲他這時候才知道那是勞夫的傑作。喬伊他媽媽把明信片啪地一聲丟在他面前，轉身去收客人留在桌上的小費。

回到家時，勞夫已經在那兒等他了。丹尼把明信片遞過去，一屁股坐在籬笆上。他們依然是好朋友，一直到勞夫離家去上大學、丹尼把莎曼莎・萊姆斯的肚子搞大，他們也還會是好朋友；一直到兩人的父親都中風了，敏頓太太染了頭髮、改嫁去了，他們仍互有往來；直到一個把火雞場賣了，一個把修車廠頂讓了，雙雙遷到了外地，他們還會想到，不知道對方現在過得怎麼樣了，最後才慢慢地不再去想。

田野上，火雞快步走著，彼此走得太近時，就互相啄起來。勞夫把旗竿鎮寄來的明信片撕碎，灑出去給牠們吃。

「那不是飼料喔。」他說道，但火雞並不介意，牠們只知道有東西吃就要盡量吃。十月已經到了，夜裡也開始冷了，不久就是牠們上桌的時候了。

如何活化心中的靈蛇

蛇是接收來的。她曾經短暫有過一個愛畫黑眼線的情人，名叫佛瑞德，有一天把一條哥倫比亞紅尾蚺留在她這裡。她和佛瑞德是在街上認識的。當時她走在路上，兩件內褲從她的洗衣袋掉進路邊的水溝裡，被他撿了起來。那兩件內褲已經有好些洗不掉的污漬，而且破得不太像樣了，她早該丟掉的，結果這下好了，落在一個陌生人手裡。

「那是乾淨的。」她說道。她只想得到這句話。話還沒說完，他已經把它拿到了鼻子前面。

他看起來不是壞人——一起喝咖啡嗎？——而且有一雙藍眼珠。他們走過一間咖啡館的時候，她邀請他上樓去。已經很久沒有男人進她的公寓了，她覺得很得意，有點暈陶陶的，等他進了門，又有點害怕。他主動說要幫她疊衣服，兩人便各自抓著床單的兩個角，退到房間的兩頭，把它攤開，然後彼此的角湊在一起，一而再再而三地對摺成一個小包袱，每摺一次，兩人就更靠近一些。

「這是什麼？」他指著一本封面有個骷髏頭的黑色大書問道。

「上解剖課用的。」她說道：「我以前念過醫學院。」

「好嚇人。」說著他已經翻到臉部解剖那一頁。上面是一張大體的照片，那男子一派沉靜，眼皮闔著，頭髮剃光了，嘴唇有點發青。下一頁他的皮膚不見了，肌肉被金屬器具撥開，標上了名稱，一大團眼白無依無靠地懸浮在眼窩裡。

「後來怎麼沒念了？」

「不適合我。」她說道。這是她的制式回答，她從不談當時念書念到睡眠不足、與世隔絕、日子過得很寂寞，也沒說過是格林先生的緣故。

解剖課的學生有個幫大體取暱稱的傳統，格林先生是她的實驗搭檔取的。他們分配到的大體是個年輕男子，頂多才四十歲，但由於不明的原因，他的皮膚在防腐過程中翻了開來。那皮膚是灰中帶點橄欖色調，有種超現實的感覺。

「沼澤怪物。」她的實驗搭檔還這麼說過。

他們要做的第一件事是把腦子取出來。這腦子必須保存好，下學期學到神經系統時要用到。他們用一把小型的旋轉式骨鋸切穿格林先生的頭蓋骨，接著她把手伸進顱腔，兩手之間滿滿的都是腦。有一個區塊已經受壓變深，她把腦捧出來的時候，跟著拉出了一絲血痕。雖然戴著橡膠手套，她還是能感覺到那個質地，感覺到那個充滿了人生經驗的重量。她想像格林先生正在開車、刷牙、吃一盤沙拉，或者穿襪子。她想到他在看書，回想某個人的名字，以及看電視益智問答節目時大聲說出答案時的模樣。她把他的腦放在盤子上，腦子還是維持著原來的形狀，像一塊果凍。接著她一個轉身，暈了過去。

佛瑞德闔上書，手伸進她的衣服裡。「沒關係吧？」她喜歡他這麼問。

蛇來的時候是裝在枕頭套裡。佛瑞德在她的浴缸裡把蛇放出來，她看著那動物沿著光滑的陶瓷表面上上下下地溜來溜去。牠的背部橫貫一節節的褐色條紋，往尾部漸漸變成鮮豔的大紅色，每一組斑紋之內，有兩塊橢圓形白斑分居於脊椎兩側。佛瑞德的房東不准他在屋裡養這條蚺蛇。她介意他把蛇養在這裡嗎？她不介意。

兩人一起在她書架上安裝了一口飼育箱，有加熱燈、溫度計、一根給蛇攀爬的樹枝，和一個倒扣過來的小桶子，作爲牠的藏身之處。他警告她，箱門千萬要隨時鎖好。餐桌上放著一只外帶餐盒，裡頭有一隻老鼠，一直用爪子在硬紙板上刮擦。後來她看著那老鼠被活活吞掉——雖然是活的，但已經有氣無力，彷佛知道自己的命運，不得不逆來順受。

佛瑞德把她的指甲搽成黑色，用眼線沿著她的唇邊勾出一條黑暗而簡潔的線，使她的臉看起來像玩偶似的。他早上帶著貝果麵包過來，然後待了一整天，伸開四肢橫臥在她床上，讓陽光灑滿全身。他脫下的鋼頭靴擺在地板上，皮帶頭是解開的，臉埋在她的枕頭裡。他背上到處都是細小的痣，她舔著這些地方，把嘴從這顆痣滑到下一顆，留下一道口水痕。

佛瑞德是個觀念藝術家。他對細節無動於衷，好像是因爲他要保持某種局外人的身分，不屬於任何地方。他乳頭四周圍著一圈細毛。

「我是祕書。」她說道。

「我不相信。」

她拿出她的絲質短衫、海軍裙裝、工作鞋，還有她的珍珠項鍊。她忽然很想把每一樣東西都拿出來給他看。他選了　套衣服，她便在他面前試穿；那縮腹提臀褲襪把她的腰箍得陷進了肉裡。

「妳穿這樣好白癡。」

她眞是太孤單了。

入夜之後，他回他的公寓去，而她則光著身子站在飼育箱前，看著那條蛇消化牠肚子裡的東西。她把手伸進去，撫摸那腫脹的地方，幾乎確定她摸到了老鼠在呼吸。蛇懶洋洋地東看西看，舌頭呑呑吐吐的，她知道牠是在舔嘗空氣裡她的味道。

佛瑞德帶她去聽一場演唱會。大樓外擠滿了男男女女，唇邊全都畫了眼線，腳下踩著幾尺高的鞋——宛如站在用深色泡沫橡膠做成的台子上。

酒吧是一條煙霧瀰漫的長廊，長廊盡頭有一組五彩燈光打在舞台上，收銀機旁邊有一個小燈泡，好讓酒保看見手裡拿的是多少錢。他們取了飲料，溜進角落的一個包廂；他的牛仔褲緊貼著她的膝蓋。樂團調完了音，開始尖聲嘶吼起來。她掩住耳朵，彷彿潛入了水中。佛瑞德就是在這時候丟下她的——他起身再去點一杯飲料，之後就沒回來了。

隨著樂團表演完一節，一股突如其來的失落感不上不下地懸在她胸口，就像即將從樓梯頂滾下去的一瞬間，那種怪異的、飄飄然的清明狀態。佛瑞德的一包菸留在包廂沒帶走，裡頭只剩下一根。她解剖了那根菸，從一端對半切開，折掉濾嘴，把菸草灑在刻得坑坑洞洞的桌面上，然後舉起手指，想把那味道吃掉。

那天夜裡，她把飼育箱的門打開了。這舉動其實是在賭氣，讓別人知道她無所畏懼。蛇在藏身處躲著。她等了一會兒，想看牠會不會察覺到自己自由了而爬出來。見牠沒什麼動靜，她就把電話拿到床邊，關了燈，上床睡覺。

她夢見格林先生。他光著身子站在她的床尾，頭蓋骨頂端是開著的，裡頭空空如也。她的實驗搭檔正忙著解剖，大體的手臂和腿部皮膚都剝掉了，露出肌腱；各部位的肌肉組

織已經做了記號，貼著標籤。格林先生朝她伸過手來，她嚇一跳，意識到有個東西在棉被裡。她發現那條蛇就蜷縮在她腳邊，尾巴纏著她的腳踝，鬆緊度令她煞是舒適。那不停滑溜、蠕動著的壓力橫過她的跟腱，往她的腿部傳遞上來，讓她覺得倚靠在枕頭上的身體重重的，有一股下墜的力道。

她決定不鎖箱門了，就讓它開著。蛇爲此報答了她。此後，格林先生不再來到她的噩夢裡，原本在廚房到處爬的蟑螂也不見了。當她打開櫥櫃，發現牠在高腳杯之間穿梭自如的時候，她就知道牠不會打破東西，結果也的確如此。牠默默地溜出櫥櫃，攀上她的肩膀。她屏住呼吸，任由牠從面前通過，那一身鱗片就近在眼前，白色扁平的腹側碰觸著她的鎖骨。這重量在她身上，感覺像一種恩賜。牠繞著她的手臂蜿蜒而下，接著躊躇起來，絞了絞她的手，不知道下一步該往哪兒走，於是她往沙發走去，走到牠喜歡睡在底下的那塊座墊前面，然後輕輕地放牠下去。

上班時，她照例整理檔案，繕打信件，幫人準備咖啡、紙巾和奶精。她身旁的人都在談論週末計畫，或是某個球隊或電視節目，一見到她經過，就跟她要迴紋針。她負責採買辦公文具，追蹤記錄便利貼和立可白的使用情形。她曾經非常感激自己在醫學院訓練出來的記憶能力，如今這項本領則是用來背誦各種文具有哪些尺寸和顏色。

影印機又壞了，一群人圍在她桌子旁邊，懇求她出馬。全辦公室只有她知道這時該按哪個鈕，知道哪些死角特別容易出毛病。她找到了問題所在，就在進紙口附近，有一張紙摺得密密實實，像手風琴似的。同事們舉起咖啡杯相碰，並拍拍她的背。

這種時刻就是她的報償，就是她一天中最重要的部分。她的工作簡單得很。同事人都很好，她很喜歡他們。上司也很和善，分派工作之前總是先道歉一番，眞不好意思，彷彿校對文件是全天下最困難的差事。

「不用客氣，」她說道：「一點也不麻煩。」

下午五點，她進電梯的時候絆倒了。裡頭的人讓開了一點，但沒有人扶她起來，彷彿大家都知道她在這裡只是騙吃騙喝而已。門關了，電梯往下沉，她在地板上坐了一會兒，感受著地心引力，一邊想著蛇，一定又在她家裡的東西上爬來爬去了。

床單上還留著佛瑞德的氣味。事情發生的時候她幾乎沒留意到這股氣味，是後來才注意到的。正因爲這個理由，她一直沒把床單拿去洗，就這樣天天在灰塵和自己的皮屑中打滾，已經超過一個月了。她覺得被這氣味給遺棄了，好像手術進行到一半，胸膛洞開，肋骨攤在外面，卻被醫生晾在一邊的病人。

她又去了那間夜總會，坐進了同一個包廂，喝了同樣沒勁的伏特加湯尼。但樂團不是同一組，個個留著大鬍子，唱的是和聲，其中一個還輕輕拍著邦加鼓。整團人穿的都是褐色和橘色的衣服，披著斗蓬，穿著涼鞋。她把腳抬到椅子上，不想有人坐到她旁邊來。

格林先生是有家室的人，有一個老婆和兩個女兒。她還在念醫學院的時候，用醫院的資料庫查過他的檔案。去世前兩年，他摔斷過腿，當時他在修剪一棵蘋果樹，從梯子上跌下來，但他還是拖著身子爬回車上，自己開了車去醫院。幫他接骨的醫生在註記上寫道：忍痛力超強。不過格林先生後來是死於動脈瘤，出現在腦部的一個血塊，就是她曾經捧在手上的那個腦子。優秀一點的學生只要看一眼，應該就知道那腦裡有血塊了。

蛇跑到別的地方去覓食了。這是最初的徵兆，代表有問題了。她加完班，提著兩只沉重的褐色紙袋回到家，一個裝滿了外帶的印度菜，另一個裝著兩隻白老鼠，寵物店老闆告訴她那是某個高中實驗用剩的，牠們剛跑完迷宮，還有點恍神。她溫柔地喚牠出來，把燈逐一打開，到每個房間去巡視，最後發現牠在沙發上蜷成一團，睡得很熟，身體中段隆起一塊，不知道吃了什麼東西。

她擬了張單子，把牠最愛的東西寫下來——絲質睡衣、倉鼠、浴缸排水孔周圍的凹陷處——然後盡最大的努力用這些東西取悅牠：天天穿絲質睡衣，穿到有怪味爲止；水龍頭調到剛好形成一條微溫的涓涓細流，讓排水孔凹陷處維持著一定的濕度；水槽底下的籠子裡隨時留一隻備用的倉鼠；努力往樂觀的角度想。

等到這一切都無效之後，她故意裝得很冷漠，連續幾天不理牠，結果牠根本毫無所覺，她便大發雷霆。她決定得好好懲罰牠一下，把牠鎖進箱子兩個星期，什麼也沒給牠吃。然後有一天，她假裝之前都沒發現牠在箱子裡，對牠說，是誰把你鎖起來的？可憐的寶貝！然後出其不意地把倉鼠送到牠面前。蛇一口咬住倉鼠，讓下巴脫臼，開始吞嚥。她想像要把某個東西塞進自己體內，不管那東西尺寸多大，得先把身體拆開，完事之後還要能組裝回去，是什麼樣的感覺。等到牠把那團食物吞到半途的時候，她爲牠獻唱了一首馬文蓋的歌。到了夜裡，她輕手輕腳地溜上床，等牠上來找她。躺了一陣子，又起來檢查看看牠回到她腳踝邊了沒有，發現沒有，又把第二隻倉鼠也給了牠。

牠似乎已經膩了，多半時間都蜷曲在馬桶的水裡。她最討厭牠這個樣子，總是在屋裡到處留下細細長長、濕答答的印子。她開始想不通，自己爲什麼不像其他正常的單身女子那樣，養貓就好了。

格林先生回來了。自從她把蛇放出來以後，已經好幾個月沒見到他，但某個夜裡他又出現了，從她的浴室裡走出來，被解剖開的手裡拿著報紙的體育版。她看得出這門課的進度到什麼地方了，目前一定是上到第七章。他的胸部已經被拿掉，肋骨、鎖骨和胸骨都切除了，肝臟外露，肺葉軟軟地交疊著蓋在心臟上，像兩隻手。

他對她咧嘴一笑，雖然他早就沒有嘴唇，但她明白此刻他正在說的是，她已經沒有魅力了。她知道格林先生很快就會被解剖得一點也不剩，而她也感覺到自己體內正同樣被人剝光、掏空，感覺到一種逐漸擴大的空虛。廚房的鐘大聲地響著。他打開冰箱，跨了進去。

她感謝自己這份工作，感謝咖啡，感謝辦公室隔間鄰居們每天的一句早安，感謝電腦每次一開機就出現的嗡嗡聲，也感謝好像沒有人注意到她根本沒在工作。她只不過是把桌上的文件從這邊挪到那邊，那邊挪到這邊，一下把文件放進資料夾，一下又拿出來，上次文件已經釘好了，這次再把釘書針撬開，抑或是站在影印機旁邊，一遍又一遍地複印著同一頁東西。

那是一張試算表，以一個個相連的小方格說明公司的組織架構，宛如一份族譜，只要大略一看，就能知道公司裡有哪些人，屬於哪個部門，擁有什麼樣的相對權力。她的每一位同事都排列在上面，像一塊塊踏腳石。右下角的位置，就在她上司底下，有一條細線連著她的名字。

每隔幾個月，這張表就會修訂一次，反映員工的升職、降職、新聘和離職情形。在這張棋盤上，她一直待在同一個位置。她明白，自己太被動了。她從不曾想辦法超越自己的能耐，在醫學院的時候就已經是這樣子了。她還記得當她拿出格林先生的腦子之後，那股就要招架不住的感覺，一波極端的不適感完全占據了她，將她拖入了黑暗的深淵。醒來之後，橡膠手套還戴在手上，濕濕的，充滿了甲醛的味道——隔著手套的皮膚清晰可見。她脫掉手套，指尖都皺了。

她覺得需要來點雞湯，補充一些健康的東西，好讓自己恢復活力。她正在切胡蘿蔔的時候，看見蛇過來了，爬進攪拌缽裡盤成一圈。她把手伸過去想摸摸牠，牠卻抬起了頭，堅定地直視著她的眼睛，並發出一陣長而低沉的嘶嘶聲。她不敢稍動。等牠盤繞回去之後，她忖度著，手上這把刀多麼輕易就能削穿牠的身體——一刀橫切入肉，劃出一道鮮血淋漓的裂口，骨頭順勢而斷，發出喀啦一聲脆響。她可以把牠當成筍瓜、法國麵包一般切成一段一段的。她是沒解剖過蛇，不過貓、狗、豬胚胎、蠕蟲她都試過了，她一定辦得到的。

牠從馬桶出來的時候，她已經準備好了。見牠在暖氣機上伸長了身子，她提起切肉刀，匡噹一響，那顆小小的頭被她剁了下來，滾進沙發底下。血沒她想像的多。牠的身體又扭又絞地大概有一、兩分鐘，然後落到地板上，她便跳上椅子等著。等了一陣子，她從椅子上下來，用刀戳了戳蛇身，接著從櫥櫃裡拿出掃帚，把蛇頭掃進畚箕。蛇頭混在毛球和零錢之中，看起來好像她走出超市時，有時會從投幣式遊戲機贏來的那種包在塑膠泡泡裡的玩意兒。她到浴室去，讓蛇頭噗通一聲掉進馬桶，蛇頭沉到了最底下，她隨手把它沖掉。

剩下的事情就簡單了。她把她那套塵封已久的解剖工具組拿出來，有解剖刀、鑷子、解剖針、探針和剪刀。她乾淨俐落地沿著蛇身劃下長長的一刀，認出了氣管、食道、心臟和肺臟，然後是肝、胃、膽囊、腸和腎，彷彿還沒離開學校似的。她把內臟丟進垃圾桶，把蛇皮剝掉。最後剩下一條黃黃的肉。

門鈴響了。是佛瑞德。

「上來吧。」她說道，快快將蛇皮往垃圾桶一扔，解剖工具組收起來，趕在他敲門前塗好了口紅。

「那天晚上不好意思。」佛瑞德在門口搔著臉頰，他的眼線糊了。「我遇見一個老朋友。」

「都三個月了。」

佛瑞德聳聳肩。他掃視　下屋裡，看見了飼育箱。「妳放牠出來了。」

「對。」

「這樣不太好。」

現在換她聳肩了。她在等對方吻她。

「我另外找到一間公寓了。」佛瑞德說。

冰箱門開了，格林先生爬了出來。他的心臟少了三塊肉：右心房的心房壁、左心室的一部分，以及那上面的肺動脈瓣。他的肺已經拿掉了，她可以看見他的支氣管樹，像樹根似的從主動脈兩側分散出去，也像一對只有骨架的翅膀，或是光禿禿的樹枝。她瞟了佛瑞德一眼，他正在對她說話。

「我是來帶蛇回去的。」

「牠很愛躲。」她說道：「你只能等牠自己出來了。我在做飯，你要不要吃一點？」

佛瑞德說好。

她決定用煎的。蛇肉在砧板上沒兩下就剁成一堆肉塊。她把肉逐一沾了白脫奶，裹上麵粉，丟進平底鍋裡，佛瑞德則在屋子裡到處找，一會兒掀開沙發坐墊，一會兒撥弄堆在地上的髒衣服。格林先生一切都看在眼裡，看得很樂。

「晚餐好了。」

佛瑞德在廚房的小餐桌旁坐下來。她看得出來他坐立難安，不過他好像沒注意到格林先生就坐在他對面，正用指骨搔著現在只剩下一個洞的耳朵。她牙齒上的東西是口紅嗎？她用舌頭抹了一下牙齒，然後遞過一個盤子給佛瑞德。

煎蛇肉很油，她在底下墊了萵苣。格林先生探過身來偷了一小塊，他已經沒有胃，肉就直接穿過他的身體，掉在地板上。等實驗搭檔拿掉他的心臟之後，他就只剩下骨頭了。但他還是繼續一塊塊拿個不停，最後在椅子下累積了一小堆。

佛瑞德拿起叉子插進蛇肉裡，然後翻轉過來，細看了一下才放進嘴裡。她穿著圍裙站在他旁邊，等他吞下去。他不慌不忙，慢條斯理地嚼著。她看見他喉嚨收緊了，那塊肉下了肚。佛瑞德看著她，露出驚訝的表情，說道：「好吃耶。」

雞不可失

艾倫．柏金個子很矮，頭又快禿了，不過說到叫別人幫他做事，他可是很有一套。例如，他從來沒學會綁鞋帶。小時候，每天早上他在吃早餐，母親就蹲在他腳邊，幫他把鞋帶穿過鞋幫子上的小圓孔，拉緊，打成一個蝴蝶結。結了婚之後，這責任轉由老婆扛下，每天早上他吃過早餐，老婆就得盡責地完成這件差事。萬一陰錯陽差，出門之後哪一隻鞋的鞋帶鬆了，他就會禮貌地請當時站得離他最近的人幫他代勞。到他年屆三十的時候，城裡每個人幾乎都幫艾倫．柏金繫過起碼一次以上的鞋帶。

艾倫．柏金是柏金糖果店的老闆，他的鹽水太妃糖很有名。當年是父親帶他入行的，他父親告訴他要去聘請一些高中剛畢業的年輕美眉來，讓她們站在門市櫥窗前拉太妃糖。這些美眉一定得技巧純熟，因此要先在門市後面的房間接受一連串嚴格訓練，合格了才可以到店前去獻藝。很多人千里迢迢特地到柏金糖果店，就為了站在大片玻璃櫥窗外，欣賞頭上包著髮網的漂亮女孩，托著那長長一條、黏呼呼亮晶晶的東西，在手上又拉、又摺、又絞的。生意做得很成功，因此柏金先生供得起太太住大房子，請好幾個僕人，以及讓她得以維持養雞這項嗜好的一切開銷。

柏金太太很喜歡有這麼一個晨間儀式：一面學母雞咯咯地叫，一面東一把西一把地撒雞飼料。做這些事讓她覺得日子很充實。每天早上，廚子瑪麗都要幫柏金太太穿上圍裙一塊類似圍兜兜的布，免得她幹活的時候弄髒了洋裝的前襟。然後她就會推開後院的門，提起園丁已經幫她備妥、擺在那兒的一籃種子，張開嘴，咯咯咯地叫起來。

艾倫．柏金太太閨名叫黛安娜．沃穆特，婚前曾受過短暫的獸醫護士訓練。有一天，她翻到動物學課本上的一頁，見到一幅赤色野雞的骨骼圖解，這種雞原產於東南亞，學名叫 *Gallus gallus*。那弧度優美的喙、小巧的頭骨，以及如扇子一般張開來的纖細翅骨，引起了她很大的興趣。她想道：看起來多麼像一個畸形的小嬰兒啊，一個手很大、身體很小的畸形兒。不久即將成爲柏金太太的黛安娜不禁流下眼淚，從此愛上了家禽。

柏金太太把手伸進那籃種子，感覺好涼、好乾哪！她指頭在裡頭來來回回撥弄，從卵石、沙子一路聯想到星光。角落的雞舍裡開始有了動靜，母雞們紛紛邁開步子沿著斜坡走下來，小小的頭急促而整齊劃一地上上下下、東點西點，彷彿牠們的小腦袋得絞盡腦汁，才確定沒錯、有聲音，才確定沒錯、有聲音就有吃的，然後才搞清楚沒錯、牠們得往發出聲音的地方去才吃得到東西。

柏金太太咯咯得更大聲了，一面四處張望，尋找她那隻叫羅密歐的公雞。羅密歐得過鬥雞冠軍，牠的爪子曾被剪掉，換成鋼爪，用來撕開對手的喉嚨。牠的羽毛是光彩奪目的藍黑色，雞冠黃得很鮮豔，配上那一身閃亮的深色羽衣，看起來就像國王一樣。

羅密歐是柏金太太從當地一群不良少年手中贖回來的，他們帶著牠在郡內到處找人對賭。某天她給柏金先生送完午餐，在回家的路上，見到羅密歐正和本地人氣最旺的鬥雞圖西打得難分難解，空氣中塵土飛揚、鮮血四濺，羽毛滿天飛。柏金太太在一旁看得心曠神怡。羅密歐打贏了，得意洋洋地豎起羽毛，這時她知道自己非占有牠不可了。她花了將近六個星期，把這隻公雞重新馴養回類似家禽的舉止，並且以近乎母愛的執著，幫牠維持住這種自律的風度。

籃裡的種子撒完了，羅密歐沒吃到早餐。柏金太太踏了踏腳──一、二，然後吩咐園丁去找牠，自己則進屋裡打電話給鄰居。

科瓦爾斯基太太沒看見羅密歐，布朗斯頓太太也沒看見，迪維波太太同樣沒見到羅密歐的影子，不過倒是發現她自己養的一些雞行爲怪怪的。柏金太太謝過這些街坊鄰居的太太們，掛上電話，坐在早餐桌旁自己的位子上，開始擔起心來。

這個時候，艾倫・柏金先生穿著鞋帶還沒綁的鞋子下樓來了。他在自己的位子上坐下，把餐巾平鋪在大腿上，從餐桌上拾起一把小銀匙，輕輕地敲他盤子中央一顆放在瓷杯裡的半熟水煮蛋。他早晨起來要做的每一件事，都是根據前一晚他交代給管家的那份一板一眼的時間表按表操課。

「親愛的，早安。」艾倫・柏金先生說。他老婆沒有回答，她正望著窗外，想不透羅密歐會跑到哪裡去。柏金先生心裡很不是滋味，他認爲當他來到早餐桌旁，透過向配偶致意的方式宣告他的駕到時，理應獲得對方熱忱的回應。

「哈囉。」他說。他要老婆知道，他一天的平衡都被她攪亂了。

柏金太太果然留意到丈夫聲調的改變，一股無名火跟著就上來了。她牙根一緊，把椅子稍微往背對餐桌的方向轉了一下。

這個舉動讓她丈夫不安了。他在腦海中快速審視了一下自己過去這一週以來的作爲（週年紀念日？她的生日？），但一無所獲。他默默地吃著他那顆半熟水煮蛋，想不出個所以然。他老婆什麼也沒吃，只是繼續注視著窗外。不久，艾倫・柏金先生出門上班的時間到了，他看了看表，放下湯匙，等老婆來幫他繫鞋帶。

柏金太太望著外面的院子出神。她回憶起她輕撫著羅密歐脖子的情景，她每次摸牠，牠的頭就會不停地一伸一縮，彷彿滿腔熱忱地贊同她所說的話。

柏金先生清了清喉嚨。要陌生人爲他繫鞋帶他很在行，但是要把他用來說服別人的魅力施展在自己老婆身上，畢竟不太習慣。

「已經九點半了，」他說：「我該去上班了。」

「那就快去啊。」柏金太太說道。

「沒穿鞋子要我怎麼去！」

柏金太太嚇了一跳。她不習慣人家對她大呼小叫，尤其是一大早的時候，而在早餐桌上更是萬萬無法想像。

「對不起，親愛的。」她說道：「我忘了。」她從椅子上站起來，快步通過地板走到丈夫那一側，在他腳邊跪下來。她撿起他的鞋帶頭，把它拉到緊得不能再緊，然後打了一個死結。接著便起身走出了房間。

柏金先生把咖啡喝完，站了起來。他察覺鞋子變得十分合腳，當他出了屋子，開始踏上每天早晨上班前要走的一小段路時，才發現鞋子合腳到不太舒服的程度，等他走到糖果店，已經感覺到腳上的筋脈怦怦直跳，走起來有點跛了。他沒好氣地叫一個出納員幫他把鞋帶放鬆一點，但他老婆綁得實在太緊，怎麼也解不開。那個出納建議剪斷鞋帶，腳馬上就可以鬆綁。可是柏金先生不但說服力過人，節儉功力也是一流，一條鞋帶還好端端的就把它剪斷，對他來說不啻是一種罪行。

「算了算了。」他氣沖沖地說道，開始想像各種陰險的辦法向老婆討回公道。他一腳踢開辦公室的門，重重地坐到椅子上，把腳翹上辦公桌好減輕壓力。這時候，柏金先生才注意到，他的鞋跟邊緣濺了一道灰白色的東西，他伸出指頭抹了一下，放到鼻尖一聞，那是雞舍的味道。

那位沒能解開柏金先生鞋帶的出納員名叫麥可・希伊，是個體格單薄的黑人，有一眼是弱視，他說話時那隻眼珠子就在眼窩裡亂轉。他在這裡擔任出納已經五年了，這段時間，他經常替艾倫・柏金先生繫鞋帶。每次蹲在地上，面對著老闆閃閃發亮的義大利皮鞋，把鬆了的帶子拉開、重新綁好，他實在不怎麼喜歡，不過他倒是很喜歡身爲柏金糖果店唯一的男性員工所享有的福利。

麥可・希伊以前會戴一副單眼罩。開始在柏金糖果店工作之後，他拿眼罩編了個故事，逢人就說他的視力是在戰鬥中受損的——在馬賽郊區和一個德國兵惡鬥了一場，差點命都沒了。他很常講這個故事，每當他覺得工作快要不保，或是發現客人在偷瞄他那隻飄動不定的眼睛的時候，就要再拿出來講一遍。

其實麥可・希伊根本沒打過仗。他因爲視力不佳，又有扁平足，沒有資格服兵役。儘管如此，在柏金糖果店打工的年輕高中女生還是覺得，他那隻眼睛雖然討人厭，卻也挺浪漫的。在它的注視之下，她們會不由自主地緊張起來，連帶地，當他把暖烘烘的手搭在她們的肩膀或腰上，她們也會又興奮又害怕得發抖。

當柏金先生把辦公室的門轟地一聲關上時，麥可感覺到體內某個東西被挑起來而變得酸溜溜的。他望向櫥窗裡那幾個戴著髮網的女生。她們正在把太妃糖翻來覆去地絞成螺旋狀，同時對外面的觀眾露出甜滋滋的笑容。她們看起來好乾淨，好漂亮。

麥可用他那隻視力正常的眼睛，凝視著柏金糖果店的首席拉糖手艾莫琳·道爾提。她雙頰緋紅，一頭褐色的長髮往後收攏、包在髮網裡，兩隻手臂行雲流水地揮舞著，像機器一樣流暢。

麥可拉開櫃臺的後門，拿起一塊花生太妃糖，握在手裡，一直握到開始變軟，形狀都走樣了，然後剝掉蠟紙，瞄準之後，把糖往店面另一頭的艾莫琳身上扔去。

那塊糖擊中了艾莫琳的後腦杓。她放聲大叫，一圈亮晶晶的糖失手一滑，慢慢垂了下去。艾莫琳和搭檔七手八腳地又扭又扯，想把那條糖拉回適當的硬度，但是來不及了——太妃糖的筋已經沒了，於是，那團楓糖胡桃變成軟軟的一攤，落在地板上。

艾莫琳·道爾提不是個能容忍自己犯錯的女孩。她年紀還小的時候，父親就慘死於一場橫禍——不過是星期天去海濱步道走一走，卻被一堆藍鰭鮪給壓死。當時一架有毛病的起重機正在把一艘漁船的網子卸下來，結果在碼頭上空斷裂，正好活埋了他。從此，艾莫琳就對無法預料的事懷有極大的恐懼。她的人生變成一張平面圖，而在母親的協助下，她很早就把這張圖畫好了。在她的觀念裡，她的未來是以經緯度標示的，並附有正斷層、逆斷層、背斜軸的投影圖。在柏金糖果店擔任首席拉糖手，是她人生地形上一條重要的等高線：預計在這裡存夠三年的薪水當作學費，將來當一個牙科衛生士。艾莫琳眼睜睜看著那條糖從指間滑落時，又熟悉地感受到那種失落的恐慌。

艾莫琳跑進了柏金先生的辦公室，連門也沒敲。她以高亢、緊繃的聲調報告完發生了什麼事，隨即放聲大哭，哀求他別將她解僱。她轉身給他看證據——一坨太妃糖把她的頭髮和髮網整個黏在一起了。柏金先生叫艾莫琳先鎮定下來，同時拿了一塊薄荷口味的太妃糖給她；這是他的防衛姿態，他希望對方閉嘴的時候都用這一招。他輕聲建議艾莫琳，不如今天剩下的時間就先回去休息，平復一下心情。說完，便要她去叫麥可進來，然後伏下身子，繼續和他老婆早上打的那兩個死結奮戰。

柏金太太正在找羅密歐。她對園丁緩慢的搜尋進度感到不耐，已經打了電話給瑪麗，叫她把她「那條披巾」拿來——那是條又長又重的針織披巾，是當年柏金太太的祖母從愛爾蘭帶過來的。她像穿盔甲似的將它披掛上身——在胸前繞兩圈，然後甩到肩膀後面去

——然後邁開大步沿著人行道往鎮上走去，沿途不斷向路人打聽、挨家挨戶敲門、往籬笆裡面喊。

她正要穿過大街的時候，聽見了呱的一聲。那聲音就像母雞叫，只是比較深沉，她聽了滿心歡喜。她屏住呼吸，再注意聽一次。聲音又來了，柏金太太立刻往那方向奔去。她停下腳步的時候，來到了一副大型的木製單片眼鏡前面，她瞇起眼睛，仔細判讀橫跨在那上面的幾個大字：杜威驗光行。

柏金太太大概知道湯瑪斯．杜威是誰，散步的時候也常常走過這副用來當作店招的超大型單片眼鏡。不過在這天以前，她從來不曾想過什麼是驗光行，或者湯瑪斯．杜威是幹什麼的。

她不知道的事可多了。她不知道湯瑪斯．杜威就住在店後的兩個小房間裡，喜歡一再重讀詹姆斯．費尼摩．庫伯❶的皮襪系列小說，一邊吃掉大量的乳酪。她不知道這家店之前的老闆是湯瑪斯．杜威的父親，更早之前則是他的祖父。她不知道湯瑪斯．杜威的祖父原本是個鐵匠，這間屋子是他從叔父那兒繼承來的，因為這位叔父在一輛馬車經過的時候被馬兒踩死了；也不知道那塊從此在他們家代代相傳的黑色大鐵砧，現在被湯瑪斯拿來當床頭桌。

柏金太太走進店裡，門上的鈴鐺叮叮響了起來。湯瑪斯・杜威正在後面的房間，安然藏身在一本《殺鹿人》和一塊葛根佐拉藍黴乳酪之間。聽見鈴響了，他老大不情願地放下書，拍掉白袍上的幾點乳酪屑，打開將他的起居空間和店面隔開來的那扇門。

「有什麼我可以效勞的？」他說得很小聲，因爲在腦海裡，他還跟著殺鹿人和欽加許古悄悄溜進樹林中，來到休倫人的營地邊緣，等待適當時機拯救娃塔娃。

「你有看見一隻黑公雞嗎？」柏金太太問道。

和一般絕大多數時間都在獨處的人一樣，湯瑪斯・杜威也常常發出聲音自言自語，可能外人看了會覺得尷尬。柏金太太的問題穿過他的腦海，滾進了樹林裡，殺鹿人把它撿起來，翻來覆去看一下，然後給了他一個答案：「白熊跟著自己的影子在一座奇怪的森林裡找路。」

「什麼？」柏金太太問道。她有一種奇怪的感覺，覺得對方大概是提到了什麼下流的事。她把肩頭的披巾兜攏過來拉緊。

---

❶James Fenimore Cooper（1789～1851），被譽爲「美國小說的鼻祖」，代表作「皮襪系列」五部曲爲世界古典文學名著，計有《拓荒者》、《最後的莫希幹人》、《大草原》、《探路人》和《殺鹿人》，內容主要描寫森林中的獵手「皮襪」納蒂・邦波的一生。

「真抱歉。」湯瑪斯．杜威說道，窘得臉都紅了。「我這裡沒有鳥兒。」他看看左邊，又看看右邊，彷彿信不過自己的判斷似的。

柏金太太跟著他的目光，掃視那成排的視力檢查表、一副副的鏡框、排列在櫃臺上的鏡片盒，並想起了她在獸醫學校時的實驗室。她放開披巾，注意到了別的東西：窗戶上方的簾子有破洞，破碎的光線從那兒透了進來；窗玻璃上覆著薄薄一層柔軟的灰塵，還有幾抹像鬼魂一般的痕跡。

「我聽見牠的聲音，」她說道：「才幾分鐘前而已。」

「牠的聲音是怎麼樣的？」

「牠有一種很特別的叫聲。」柏金太太說道。

「是不是像這樣？」湯瑪斯．杜威清了清喉嚨，模仿公雞報曉時的咕咕咕—嘓—喔喔喔。

「滿像的，」她說道：「可是牠的聲調比較高，在嘓的地方有更多顫音。」

「嗯。」湯瑪斯閉上眼睛，深深吸了一口氣，發出公雞的另一種啼聲，這次很接近羅密歐的聲音了。

「好厲害！」柏金太太說道。

「這算是我的消遣吧。」受到庫伯的啓發，湯瑪斯・杜威過去十二年來記住了許多北美洲鳥類的鳴聲。「妳要不要聽聽別的？」

「我該走了，如果牠不在這裡的話。」

「我想也是。」湯瑪斯說。

「不過可以請你到窗口叫叫牠嗎？」

「沒問題。」湯瑪斯繞過櫃臺走出來，打開窗框，把兩手罩在嘴邊，發出三種不同的雞啼。「後面兩種是母雞的。」

「眞是太感激了。」

「妳不妨稍微等一等，看牠會不會過來。」湯瑪斯關上窗子。

「我在學校上過課，」柏金太太說道：「本來要當護士的。」

「我相信妳一定會是個好護士。」湯瑪斯說。

她澄清道：「是照顧動物的。」

「原來如此。」湯瑪斯說。

他背後的牆上掛著一大批放大鏡。這些東西讓柏金太太想起她做過的一個胚胎學實驗：把各個不同孵化階段的禽鳥受精卵打在培養皿裡，放在顯微鏡底下觀察。她看見了有絲分裂、減數分裂，還有胚胎的發育過程——未來的頭逐漸膨脹成燈泡狀，脊椎的弧線開始浮現，以及從兩個小點慢慢形成的眼睛。學生們觀察完畢，就把樣本全都倒進一個桶子裡。柏金太太拿起她破碎的蛋，凝視著那一大團黃色，猶豫了起來，鳥兒的心臟還在蛋黃上細小的紅點裡跳著呢。後來她告訴柏金先生這件事的時候，他笑著說道：「嗯，可以炒蛋。」

柏金太太看了看櫃臺上的鏡框。有好幾十種尺寸和形狀——方的、圓的、橢圓的、銀的、金的，什麼都有。「我買副眼鏡好了。」

「需要幫你驗光嗎？」

「不用，我只要鏡框。」她選了一副銀色的，從鼻梁架到眼鏡臂都刻滿了纖細的藤蔓圖案。柏金太太把它戴上，對著鏡子瞧了瞧。看起來滿老氣的。

艾莫琳在浴室裡，努力想把頭髮上的太妃糖弄掉。那些高中女生對她說了些安慰的話，不過艾莫琳拒絕接受她們給她的潤滑油、肥皂和通寧水。她可以感覺到怒氣刺得她皮膚麻麻的，並隨著激憤不斷擴散到全身。她一扭頭離開人群，到置物櫃拿了外套，一句再見也沒說就走了。

艾莫琳小時候，父親就警告過她要注意情緒問題。她母親總是動不動就歇斯底里，常常把父親逼出家門，到碼頭去散很久的心。他往往會帶著艾莫琳一起去，父女倆就那樣默默地走著，艾莫琳要跨三步才趕得上爸爸一步；她會皺著眉頭，盡可能裝出專心在想事情的樣子，好讓父親不會覺得需要逗她開心。

回家的路上，艾莫琳的父親每次都會停下腳步，說出他在那次散步過程中想到的一些結論，有時候是關於他太太的，有時候是關於他自己的，有時候是要告訴艾莫琳的：「不要學妳媽，」他說道：「不要看那些灑狗血的電影。」

艾莫琳頭髮黏著太妃糖走在大街上時，心裡就考慮著這些事。她想到臨終前被壓在一堆藍鰭鮪底下的父親，她想像著那樣的重量，那種冰冷、濕滑的感覺，還有那一條條找不到水、愈拍愈慢的魚尾巴。她實在很想知道父親在那堆魚底下的時候到底有沒有生氣，或者是根本連感覺的時間都沒有。

艾莫琳路過湯瑪斯・杜威的店，發現麥可・希伊伸開四肢，癱在那面巨大的木製單片眼鏡招牌底下，腋下夾著一瓶威士忌，頭上插著兩根黑色的長羽毛。

「哈囉，」麥可說：「我被開除了。」

「哦，你活該。」艾莫琳說道。

「妳才活該讓人踢一腳。」

「你喝醉了。」

「對啊。」

「你怎麼會在這裡？」

他指著招牌。「我要把眼睛治好。」

艾莫琳臉紅了起來。她想到那些高中女生在廁所裡模仿他，把眼睛轉來轉去，像瞎子一樣互相亂摸。

「沒那麼糟糕啦。」

「很糟糕。」麥可說道：「妳又不必忍受這個，所以別教我怎麼做。」

「我並沒有要教你什麼好嗎！」

「對不起，原諒我吧。」麥可．希伊哭了起來。他伸出手抓住她的裙子。

艾莫琳文風不動地站著，設法穩住自己的情緒。拉力透過布料傳到了她的臀部——麥可拿起裙襬來擦臉，她覺得腿上有風吹過。要是父親看到這一幕，一定會覺得不以爲然。她敢打包票。

＊　＊　＊

在驗光行，湯瑪斯・杜威正在把他會的口技一個個學給柏金太太聽——以前他從來沒有聽眾。他噘著嘴，表演他的拿手絕活：殺鹿人的惠普威之歌，然後再模仿欽加許古給他的愛人娃塔娃的祕密信號——北美松鼠喞喞叫的聲音。柏金太太很有禮貌地聽著，不時注意一下窗外。正當她又透過玻璃凝望著外面的時候，她看見了那個在她丈夫店裡拉太妃糖的女生、那個負責收銀機的弱視出納員，還有個東西正從樹叢裡走出來，是羅密歐。

牠看起來像剛打過架的樣子，羽毛蓬蓬的，雞冠裂了，一隻翅膀無力地拖在身後。牠小心翼翼、輕手輕腳地邁著步子，繞過艾莫琳和哭倒在她腳邊的男子。

柏金太太心想，牠早餐都還沒吃呢，牠一定覺得又冷又餓。她一面看著羅密歐的翅膀在地上拖行，一面回想那幅赤色野雞的骨骼圖，希望能判定牠斷的是哪根骨頭。她想到掌骨，就是那些細長脆弱的雞手指，思量著自己有沒有可能把那些手指醫好。

羅密歐躍上半空中，降落在艾莫琳的肩膀上。她不斷發出噓聲想把牠趕下去，但身經百戰的羅密歐很懂得該怎麼緊抓不放。牠一根爪子勾進她的鎖骨，其他爪子攫住她脖子的側面，開始狠狠攻擊她頭上的太妃糖。

艾莫琳放聲尖叫。

麥可・希伊放開她的裙子，從人行道站起來。他一向很怕鳥。他雙手握住威士忌瓶，

怯生生地往艾莫琳肩上的公雞戳去。

「快下去，」他說道：「下去。」他用瓶口推羅密歐的時候，瓶子從手上滑掉，在人行道上碎了一地。

柏金先生經過轉角走上大街時，正好聽見玻璃破碎的聲音。這天他老婆沒幫他送午飯來，他只好一肚子火拄著枴杖回家一趟，吃了塊三明治。柏金先生原本低著頭看鞋子，一抬頭就見到他的首席拉糖手正在遭受攻擊。他認得那片黃色雞冠，馬上看出那是他太太最愛的雞。

柏金先生是個生意人，不太常眼睜睜看著機會溜走。他會等待機會，一旦等到了，馬上就把握住。他一跛一跛地走到艾莫琳身邊，把枴杖高舉過肩，用力一揮，正中羅密歐的頭。那隻雞應聲滾落到地上，柏金先生繼續揮舞枴杖，亂棍將那公雞打死。

柏金先生想著，做每一件事都是有理由的。他的信念是，想要什麼就要去爭取；太妃糖也是他的信念，那是他的基礎，他的人生完全建立在那上面，也讓他覺得相當滿意。就是這樣——他打斷公雞脖子的時候心想。這門生意，這名拉糖手，這份沒送來的三明治，造就了他這個人。血從雞嘴裡流出來，在乾硬的地面上積成了一灘。柏金先生把腳往旁邊移，這才發現他的鞋帶鬆開了。

他意識到，不論是要請剛被他救了一命的女孩、或是剛被他開除的員工幫他繫鞋帶，都不是很恰當。他往大街上瞥了一眼，然後望向湯瑪斯·杜威的店。他看見窗邊站著一個戴了副銀邊眼鏡、肩膀圍著披巾的女人，她指尖抵著窗玻璃，壓出來的五個點分得開開的，像一張驚訝得合不攏的嘴。艾倫·柏金就站在原地好整以暇地等著，任由鞋帶垂落在地。他心想，等她過來總行吧。

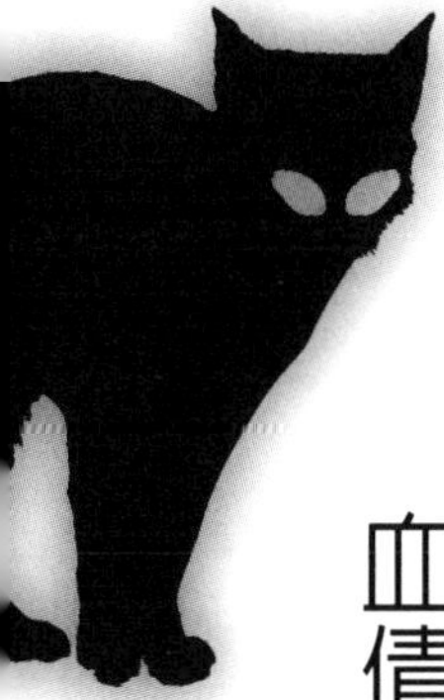

血債

理查實在不想每次都問同樣的問題：你爲什麼這麼做？他常常問兒子盧卡斯這句話，可能在他不寫功課之後，或者在他嫌一個老婦人上公車動作太慢、把人家推倒之後，或者在他從餐桌旁跑過去的時候拉住桌布、把滿桌飯菜都掀到地上去之後。理查知道他兒子有問題。他在夜裡一面踱步一面想，這屋子裡房間太多了。

理查和瑪麗安常把他們這個十歲大的兒子關進他自己的房間：不准看電視，不准吃晚餐，不准吃甜點。他們試過和他溝通，打他屁股，要是最後他還是不聽話，或者還是繼續打妹妹，他們就會把盧卡斯壓制在地上，直到他讓步，直到他不再亂踢、亂咬、亂抓，直到他沒力氣了，臉上的紅潮慢慢退去爲止。

「這種事我不知道還能受得了多久。」瑪麗安說道，她剛在兒子的腿上坐了十分鐘。她是個按摩師，那天又特別忙，她的手已經很累了。盧卡斯還是嬰兒的時候，她很愛摸他；她想起他那時候的氣味，那香味實在是太純淨、充滿太多的希望了，曾使她心中洋溢無比的感激，每每掉下淚來。

「我看他已經睡著了。」理查說道。盧卡斯的嘴開開地歪向一邊，地板上流了一小灘口水。理查將他抱到客廳，放在沙發上，然後往冰箱走去，拿了瓶啤酒喝。

理查一屁股坐進了安樂椅，看著他兒子。他怎麼會生出這麼一個小孩來？他回憶起第一次把這孩子抱在懷裡的感覺；回憶起他曾經試著把手指往那小小的拳頭裡塞。他拿起啤酒喝了一小口，冷不防瓶子撞中了門牙，一陣酸麻的痛楚直往嘴巴裡竄。就像這樣，他心想，我做的每一件事都不對。

瑪麗安正在廚房，把晚餐的剩菜剩飯從盤子裡掃進垃圾桶。那麼多通心粉和乳酪，她爲什麼不做些健康的食物，蔬菜和維他命多一點的？以前她煮過糙米飯、豆腐、芝麻糊，可是家人都不愛吃。慢慢地，她也就懶得再多費唇舌，找了媽媽的食譜來照本宣科，每一道菜的材料都從奶油開始。

不過她還是會自己一個人去健康食品店翻書（青花菜能提神！），下午常待在哈瑞奎師那餐館，向主廚請教素食主義烹調的奧義。她探究過魔藥、咒語的功效。她還記得十二歲的時候，有一次曾經把自己的腳趾甲偷偷摻進一杯潘趣酒，拿給一個心儀的男生喝，她相信這樣對方就會愛上她。此刻，她抽出一本《烹飪的樂趣》，查詢索引上跟健康與營養相關的篇章，研究了一下公制和美制的換算。她希望下一道食譜就是答案，能告訴她該怎麼做。

學校的輔導員打電話來，表示盧卡斯在班上出現行爲問題，理查和瑪麗安於是聽從了她的引薦，去向當地一間診所求助。盧卡斯開始接受每月一次的心理治療。史諾醫師是個中年婦女，曾擔任《精神疾病診斷與統計手冊》第四版的顧問。她在病歷表上寫下了診斷結果：三一四・〇一——注意力缺損合併過動症；並給這對父母開了一張「利他能」的處方。這麼做讓大家都舒坦了一點，好歹已經採取了行動。史諾醫師說，他這些暴亂行為只是階段性現象，到青春期結束時自然會消失。

瑪麗安在客廳裡翻閱她的食譜書，一面看著孩子們在樓梯上玩。盧卡斯把手電筒擺在一個穩定的位置，讓手電筒在牆上照出一圈圓形的光，然後走下一階，開始玩起手影來——先是一頭鵝，接著是一隻海鷗，再來是一匹馬，然後是一隻狗。他們八歲的女兒莎拉就坐在他旁邊看他表演。過了一會兒，她開始想學著哥哥玩。

瑪麗安其實比較沒那麼愛女兒，儘管她不願承認。第一個孩子總是會重重落在心頭，壓得人喘不過氣來。她對莎拉的愛是另外一種——清淡，但充滿了驚喜。她好像總會不期然撞見莎拉，就像那次她聽見浴室裡有聲音，一推開門，發現莎拉站在一張小凳子上，一瓶瓶的洗髮精、漱口水和髮膠沿著洗手台邊排成一列，像在對話似的；牙線像彩帶般從櫥櫃上垂下來，水槽裡盛滿了水——那是她做的游泳池，有幾支牙刷正在游泳。

瑪麗安選好了食譜，決定做法式青花菜鹹派。她聽得見鄰居的貓就在屋外，在他們院子裡徘徊。那隻貓的叫聲有時候實在太像嬰兒在嚎啕大哭，常把她嚇得從床上跳起來，要是睡不著了，她便會拖著蹣跚的腳步走到孩子的房間，只是想確定眞的沒有人在喊她。

莎拉的手在手電筒前面揮來揮去。「我不會弄。」

盧卡斯抓住她的手腕，把她的食指和中指拉直，再把她的拇指彎過去壓住剩下的指頭。「把那隻伸出來一點。」他說道，瑪麗安看見兔子的牙齒出現了。

「現在把那隻彎下來頂住，不要太用力。」他說。於是，瑪麗安看見了一塊小小的光斑，變成了兔子的眼睛。

「拇指拿開。」他說道，變成兔子在聞東西，然後是搖耳朵。這樣看著他們，瑪麗安覺得很欣慰。家裡難得有這麼和樂融融的時候。他們通常是在她看不見的地方，在自己的房間裡玩。有時候她聽得見他們的聲音，弄得地板咚咚響，而這時她總免不了要克制自己不去管他們是不是玩得快要打起來了。

照顧兩個孩子是她生平做過最難的一件事。自從莎拉出生之後，瑪麗安隨時都在疲勞狀態。她覺得自己的責任永無止境，覺得自己這個母親做得很失敗，因爲有好幾次她只想一走了之。爲了對抗這個衝動，她會把兩歲大的兒子和剛出生的女兒並排放在床上，來來回回地數他們的腳趾——一共二十隻，動來動去，紅潤粉嫩得不得了。

這時盧卡斯站起來了，扭著手臂在燈光前比出新的動物。瑪麗安摸著自己肚子上那一皺軟綿、鬆垮的皮，心裡想著，那些手指是我創造的。她正想喊盧卡斯，問他現在比的是什麼動物，但她還沒來得及出聲，就看見一對大顎張開，往影子兔咬了下去。莎拉尖叫起來，盧卡斯的指甲嵌進了她的肉裡。

理查收藏的銀幣不見了。他下班回到家，打開書桌抽屜，看見那只紅色天鵝絨的錢幣袋癟癟地晾在那兒，像個洩了氣的氣球，他立刻就知道是盧卡斯拿的。之前整個週末，盧卡斯一直想去城裡的一間漫畫店，但理查就是不載他去，他們為此爭執了好幾天。盧卡斯愈是大吵大鬧地一定要理查載他去，理查就愈強硬，儘管夜裡瑪麗安特別找他商量，好言軟語地求他讓步，他依然不爲所動。

「開門！」理查用力捶打兒子的房門。「盧卡斯！開門！」這是理查的房子，帳單是他在付，走廊的壁紙是他貼的，房門口這盞燈是他付錢裝的，門框是他漆的。他想用肩膀把門推開，但感覺到盧卡斯一定是用什麼東西頂在門後。理查搬了張椅子來，在房門口坐了一個鐘頭，目光如炬地盯著門把，靜靜地等著。終於等到門開了，他強行擠了進去。

「你把我的錢幣拿到哪裡去了？」他把五斗櫃推到牆邊去，開始動手搜房間。裡頭很暗，窗簾是拉下的。他挪了挪那組風火輪玩具賽車跑道，踢了踢地板上的一堆衣服，把桌上的幾個碗盤掀開來看，裡頭的食物都已經乾掉結了一層硬皮。「到底在哪裡？」

「滾出去，不要進我房間！」盧卡斯吼道。

理查突然覺得眼前遇到的好像是自己的父親。他父親三年前因爲阿茲海默氏症過世，那老頭子到最後堅信理查是個間諜，那些護士是專業的施虐者。

「這間屋子裡的門都不准鎖。」理查說道。

「我才沒碰你那些無聊的錢幣。」

理查很想抬起手威脅他，但盡量忍著。那些錢幣有歐洲的、印度的、南美洲的，他父親生前一直藏在安養院裡。理查發現那只天鵝絨袋子的時候正在打掃房間，清理出來的開襟羊毛衫和髒襪子塞滿了好幾個垃圾袋。他從來不知道父親有收藏錢幣的嗜好。他把袋口的細繩拉開，裡頭的錢幣發出清脆的聲響，他感覺得出其中的價值。

「我數到三。」

盧卡斯飛起腿來踢他。

「我受夠了。」理查說著把兒子推到牆上壓住。

盧卡斯往他臉上啐口水。「我又沒怎樣！」但真的是他拿的，莎拉說了。那些錢幣現在在下水道裡，他把它們一個一個往街邊水溝蓋的鐵柵縫裡丟了進去。

史諾醫師在病歷表上寫下新的診斷結果：三一三・八一—對立性反抗症。處方從「利他能」改成「美立廉」。這階段會過去的，她告訴他們，這種現象她見多了，他是個好孩子。她看了一下筆記，告訴他們用不著擔心。

可是他們很擔心。瑪麗安在週六上午的卡通時間關掉電視時，盧卡斯拿起旁邊桌上的一杯汽水，往她兜頭扔了過去。杯子擦過書架，摔碎在她腳邊，可樂像強酸似的在地板上冒著泡泡。接下來的四十五分鐘，瑪麗安一直坐在屋外的汽車裡，把引擎發動，又關掉，再發動，再關掉。

她喜歡坐在車子裡。瑪麗安有時候就那樣在車道上的車子裡坐著，哪兒也不去，一坐就是好幾個鐘頭。她喜歡享受那份寧靜，享受被密封在某個東西裡面的感覺，享受車門關上時空氣所產生的吸力。婚前她曾經開著車跑遍全國各地，晚上就套著睡袋窩在後座上睡覺。她騙爸媽說是和朋友一起去旅行，當時她從來不覺得危險。

有一晚她被沙塵暴困住。一團團風滾草從暗處彈了出來，呼嘯著從她的車頭燈前面掠過去，陣陣強風彷彿隨時準備將她連人帶車從路上吹翻似的。她把車開到十字路口的一間廢棄加油站後面，睡得又香又甜，外面的沙子像冰雹似的往車窗上猛灌。睡醒時，她發現自己置身納瓦荷印第安保留區，周遭一片寂靜，她就開著車穿越格倫峽谷，迎向緩緩升起的旭日。而今，她對於自己當年只憑著脆弱的車門鎖，就能高枕無憂地在星空下待到清晨，感到十分訝異。

每天似乎都有新的考驗。某日下了工回到家，瑪麗安聽見一陣拖東西的聲音，發現莎拉在門廊底下的低矮空隙中，滿身都是蜘蛛網和枯葉。盧卡斯為了報復她將他拿了錢幣的事說出去，把她鎖在裡面。瑪麗安拉開了門栓。

莎拉爬出來，用袖子擦了擦臉，露出微笑：「他是不是要遭殃了？」

不知道從去年什麼時候開始，瑪麗安就無法跟兒子溝通了。她到閣樓去，在一箱箱的嬰兒衣服裡頭東翻西找——一堆小不隆咚的水手裝和靴子；她搜他的髒衣服，撈他口袋裡的棉絮，把他的上衣和內褲一件件拿起來看；她細細端詳他的成績單，他的牙刷，他的腳踏車，他吃剩的早餐，他那些《巡守員瑞克》雜誌。她覺得很有罪惡感，因為她實在很希望可以不必出現在這裡，很希望自己不是他媽媽。

瑪麗安喜歡去想事情還有可能比目前糟糕多少。她一面幫客人按摩，一面在腦海裡把她想到的情況條列出來。起碼盧卡斯沒有縱火，沒有逃家，沒有拿磚頭或棍子打人，沒去搶劫或強姦別人，也沒有虐待動物。他只不過是比較瘋狂一點而已。

好一個瘋狂，她心想。這個詞她說過很多遍了——但不只這個詞而已，還有腦殘、怪胎、神經病。現在這些詞出乎意料地從她嘴裡冒了出來，像一隻隻青蛙，她覺得這些字不停地往外溜，掉在地板上，她花了一、兩分鐘才不再繼續說下去。這時，按摩台上的客人也差不多要翻身了，準備按摩另一邊。瑪麗安把喉嚨裡那股潮濕軟爛的感覺嚥下去，在手掌上抹滿了油。

理查十幾歲的時候，一天夜裡開著車，在路上見到一隻狗，故意從牠身上輾過去。那是一隻牧羊犬，毛又白又膨，左眼上方有一塊灰斑。之後他停車下去察看。牠的氣味像一張舊沙發，脖子上戴著破爛的皮項圈，但上面的名牌是新的。理查摸了摸死狗的毛，想到他父親，他出門前他們剛剛吵過架。雖然不明就裡，但他知道他就是為了這件事才輾死這隻狗的。在清晨微明的藍光中，他站在馬路邊，想起剛才那隻狗的眼睛反射著他的車頭燈；他記得一股源源不絕的怒氣灌滿了他的胸腔，流經他的手臂，從手掌注入了方向盤；也記得接下去那一記衝撞，那一聲重擊的悶響，車底顛簸了兩下，立刻讓他感到神清氣爽，一切都煙消雲散了。

因此，現在理查納悶的是，盧卡斯的行爲是不是也出於同樣的心態，想要尋找解脫。

理查從來沒有找到過，他父親也從來沒有找到過，他父親的父親一樣沒找到過；這一點他很清楚。理查的父親在安養院去世之前，曾經和他聊起他自己的爸爸。爺爺常常有事沒事就揍家人，每天晚上都待在穀倉裡，不是嚼草稈就是尖叫。一個嚴寒的冬夜過後，他們發現他的屍體吊在椽子上，臉已經發紫，嘴唇上黏著幾片紫苜蓿。他們家族的血液裡流著一些怪東西。不過，理查已經找到調適的辦法，畢竟他沒丟掉工作，也有了孩子。當老婆第一次把盧卡斯放進他懷裡時，他哭了，他竟是這麼渴望有個兒子。

每年這家人都會寄一張孩子的照片給親朋好友，作爲新年賀卡。瑪麗安的嫁妝箱裡有一疊這樣的照片——盧卡斯嬰兒時坐在小雪橇裡，然後是戴著一頂小聖誕老人帽，然後是抱著妹妹靠在一堆假雪上咧著嘴笑。在攝影棚裡，攝影師給了莎拉一盒包著金色和銀色包裝紙的禮物，要她站在一棵塑膠聖誕樹旁邊。她拿起來搖了搖，瑪麗安看見她的臉垮了下來，知道裡面是空的。盧卡斯被安排站在她後面，一手搭著莎拉的肩膀。他們穿著相同的毛衣，那是瑪麗安親手織的，看起來不太合身。莎拉的袖長只到手肘以下一點點，而盧卡斯那件的雪花圖案則是變了形橫在胸前，彷彿被人抓著往兩邊拉。

這是一對很漂亮的孩子，兩人擁有瑪麗安的深色頭髮和皮膚，但又保有理查淡藍色的眼珠。和那座道具壁爐一比，盧卡斯看起來又長高了，瑪麗安幾乎能想像得出他進入青少年期之後的模樣，在鏡頭前拍高中畢業紀念冊，下巴上長著少許粉刺，一臉恍惚的神情。莎拉皺起鼻子，好像要打噴嚏的樣子。她的臉頰還像嬰兒那樣胖嘟嘟的。

瑪麗安感覺到理查牽起她的手。她把掌心壓著他的掌心，然後緊緊握住。盧卡斯在壁爐前彎下身子，瑪麗安看見他伏在莎拉耳邊講悄悄話。

「不要弄我啦！」莎拉說道。

「來，面對鏡頭。」攝影師整個人蜷縮在黑布底下。

「住手。」莎拉說道：「媽，他在捏我。」

「看鏡頭，」瑪麗安說道：「馬上就好了。」

「很痛耶！」

「笑一個。」瑪麗安懇求他們。她感覺到理查的手愈握愈緊。

莎拉下巴上的酒窩露出來了，一副快哭的樣子。突然間，盧卡斯一巴掌把她手中的禮物打落在地，猛力咬住她的手臂，莎拉一掙扎，毛衣被他的牙齒扯破了一個洞。父母倆費了好一番工夫才把兄妹倆分開，結果金銀色的盒子扁了，聖誕樹倒了，裝飾品也破了。

理查堅持繼續把照片拍完。「我們已經付了錢，」他說道：「所以大家要一起拍，誰也別想跑。」他站在兩個孩子中間，手臂緊緊箍住他們，壓在他身體兩側。「你們最好給我笑一個。」攝影師連忙重新安排燈光，他等不及把這家人打發走。瑪麗安站在角落，身體一部分在陰影裡，不知如何是好。她躊躇了片刻，最後才走上前去跟他們站在一起。

回家的路上，盧卡斯在後座踢莎拉，全身橫在皮椅上，用腳跟使勁抵住她的腰。理查一手抓著方向盤，另一手胡亂往後面伸，摸索著兒子的腿，想阻止他們繼續吵下去。

「我希望你去死！」盧卡斯大叫。

莎拉兩手用力摀著耳朵縮在角落裡。

瑪麗安直挺挺地看著前方，一句話也沒說。很快就結束了，她這麼告訴自己；大家都會各自回房去，到時候就安靜了；只要到家就沒事了。她想像著莎拉和盧卡斯像以前那樣互相說故事，在餐桌下舉行祕密會議，用美工紙剪出龍和翼手龍的形狀。

後座傳來喀啦一聲，瑪麗安感覺到一陣風吹了進來。莎拉把門打開了，車門已經甩到馬路上，底下的柏油路面急速後退，看起來一團模糊。她已經把安全帶解開，一腳跨出車外，準備跳車了。

「妳在幹什麼？」瑪麗安尖叫道：「停車！停車！」理查用力一轉，把車開上預備車道，車才剛停住，莎拉就已經下了車，沿著街道飛奔而去。瑪麗安伸長了手臂在後面追，想趕在她還沒跑遠之前把她追回來。

三一二・三〇—衝動控制失調症，史諾醫師在病理表上寫道，並把盧卡斯的用藥改成「思樂康」。她說：「這應該可以讓情況稍微緩和一點。」又補充道：「你們要想辦法互相協助。」

理查和瑪麗安覺得這一點很難做到，因爲他們事實上只會互相責怪。瑪麗安覺得理查用對立的方式，只會更刺激盧卡斯；而理查則認爲就是因爲她一味退讓，兒子的情況才會愈來愈糟。每天晚上孩子上床之後，他們就開始吵，兩人都有一種被對方連累了的感覺。

他們各自睡在床墊的外緣，不碰對方一根汗毛，毯子在兩人之間拉來拉去。早上，瑪麗安把盧卡斯的藥丸揉碎摻進柳橙汁裡，理查看著報紙，設法不去理會院子裡傳來的鬼叫聲。

「總有一天我會宰了那隻貓。」

走廊上有一股很難聞的味道，這味道讓瑪麗安想起有一年夏天，一隻松鼠爬進了樓梯旁的牆壁，結果死在裡面。那段時間，大家每次上下樓梯都要屏住呼吸，直到松鼠爛光爲止。如今，有時她通過那個位置仍會屏住氣，有時她會想到那副凝結在牆壁中的骨骸。

瑪麗安準備打掃走廊。她多買了一些松香清潔劑和「好友牌」潔亮精回來，便開始動工，把壁紙全部刷過一遍，每一本書都撢乾淨。氣味是減弱了，可是依然在盧卡斯房間附近徘徊不去。瑪麗安在房門口猶豫著，她實在不想進去，於是便消毒了門框、門把和角落上的踢腳板。她正在把地毯清潔劑灑在地毯上時，盧卡斯突然冒了出來。大白天的他還穿著睡衣，小小的火箭和太空船在他的法蘭絨上風馳電掣。那件上衣對他而言已經太小，褲腳的位置也遠高於他的腳踝。

「妳在幹什麼？」

「我在想辦法把那股味道趕走。」

「我沒聞到什麼味道。」

現在門開著，味道更強烈了。那股惡臭就在他背後，是從他的房間傳出來的。

「你房間裡有很久沒洗的盤子嗎？」

盧卡斯站在門口，拳頭握緊又鬆開。

「我不想管那是什麼東西，」瑪麗安說道：「把它處裡掉就對了。」她這是在求他了。

盧卡斯把腳趾伸進地毯清潔劑裡，把那白色泡沫來來回回抹在地毯上。「好。」

瑪麗安覺得稍稍鬆了一口氣，彷彿他原諒了她什麼事情似的。她摸了摸他的後腦杓，他也就那麼鵠立了半晌，任她去摸。他頭髮摸起來粗粗的，依稀沒洗的樣子，因此當他關了門，剩下她一個人在外面時，她感覺到指尖上留著薄薄的一層油，湊到鼻子下面嗅一下，那味道就像睡了太久的床單。

理查在廚房看報紙的時候，聽見沉重的砰的一聲，聽得出是身體撞到東西的聲音。他立刻丟下報紙，快步上樓；老婆也放下鍋碗瓢盆，蹣跚地跟在他後面。他們一上到走廊，就看見盧卡斯居高臨下地站在莎拉上方，正在掰她的手指想搶下什麼東西。盧卡斯見到理查，立刻一個箭步衝回房間，把門猛地關上。

莎拉額頭上有一道很深的傷口。一片綻開了的深色的皮似乎先搏動了一會兒，一股鮮血才從裡面湧出，沿著她側邊的臉流了下來。她手裡抓著一個透明塑膠袋，見到爸媽來了，像找到獎品似的把袋子高舉起來——裡面裝的是一隻死掉的小貓，瘦骨嶙峋的，身體已經僵硬了，毛是橘色和白色的。袋子一角滲出褐色的液體。

「我在他衣櫥裡找到的，」莎拉說道：「臭死了。」她放下小貓屍，開始在地毯上嘔吐起來。

「拿毛巾來！」理查叫道。那道裂口比他原來所想的還要深，他手壓著傷口，莎拉低著頭往地板上咳，然後開始哭起來，理查把她抱了起來。

瑪麗安拿來一條濕毛巾和一張毯子。他們得去一趟醫院，她邊走邊頻頻回頭看那隻小貓。理查用腳把塑膠袋推到一邊，叫瑪麗安去拿鑰匙，他先把莎拉抱下樓放進車裡，再回來找盧卡斯。

理查握緊了拳頭用力敲門，再用身體推了一次、兩次，把體重壓在門上。他感覺得到兒子在門的另一邊用力地跟他抗衡。

「到此爲止！」理查說道，抬起腿把門踹開。

醫生在下針前，先用一塊布蓋住莎拉的臉。在病床上，莎拉的身體看起來很蒼白，而蓋著白布的臉，只約略看得出鼻子和下巴。這讓瑪麗安聯想到命案現場的照片裡，頭上總是蓋著東西的遇害者。

醫生一面縫合莎拉的皮膚，一面唉唉哼哼的。瑪麗安相信，他八成認爲她這個母親實在很糟糕。她把一隻金屬摺疊椅拉到病床邊坐，靜靜地握著女兒的手。她想不起上一次握她的手是什麼時候，六歲嗎，還是七歲？是不是正在過馬路？她注意到她的指甲有咬過的痕跡。

「快好了。」醫生說道。角落的一台電視正在播放某個遊戲節目的畫面。看起來有人贏了，可是聽不到聲音。

在走廊盡頭，理查由一名護士陪同填好了醫療表單。走回候診室時，他在飲水機前停下腳步。水流很弱，但能滋潤一下嘴唇，還是覺得很舒服。他打了一通公共電話給史諾醫師，同時留意著在角落上垂頭喪氣地翻雜誌的盧卡斯。

「那些藥沒有用。」

「有的情況就是這樣。」

「他是愈來愈嚴重了。」

史諾醫師嘆了口氣。「攻擊兄弟姊妹的行爲其實還滿常見的。」她提議做家庭治療，安排明天進行一次會談。他們應該回家好好休息。「叫中國菜回去吃吧，」她說道：「簡單就好。」

車子開進車道時，理查見到他們的鄰居。從她裙子歪了一邊的樣子，他看得出大概是發生了什麼事情。

「我不知道該怎麼辦，」理查搖下車窗時，鄰居說道：「我的貓就是不肯離開你們家院子。」

「稍等一下。」理查說道。他下了車，打開後座的門，盧卡斯將瑪麗安一把推開，竄出車門，一溜煙衝上門廊的台階。理查轉過頭對鄰居說道：「這個時機眞是不太湊巧。」

「沒事，」瑪麗安說道：「她讓我來。」她把房子的鑰匙放進口袋，輕輕地將莎拉從車裡抱出來。理查實在不忍心看，莎拉額頭上包著一大團白色繃帶，頭上被醫生剃掉、禿了一塊的地方清晰可見。

「怎麼了？」鄰居問道。

「沒什麼，」理查勉強地笑了一笑：「出了點意外。」

「她看起來很痛的樣子！」

「她還好。」瑪麗安把莎拉抱到肩上。

「我才不好呢。」莎拉說。

「妳休息一下就好了。」

「我房間要一台電視。」

「會給妳的。」瑪麗安抱著女兒上了台階。「高興了吧?」莎拉把臉埋起來。

「那麼,」理查說道:「是什麼問題?」

母貓在後院裡,占著一個定點不動。

「我覺得很抱歉,」鄰居說道:「我通常都能哄牠回家的。」她慢慢走近那隻橘色的虎班貓,臉上微微顫抖著。「寶貝,過來啊!」母貓對她發出嘶聲,朝她的手揮了一把,然後又匆匆退回原位。

「牠說不定得了狂犬病。」

「不是的!」鄰居喊道:「牠只是不開心而已!你看不出牠很不開心嗎?」

理查實在沒閒工夫管這個。他伸手揉了揉脖子後面,思索著有什麼法子可以把人和貓都打發走。鄰居在泥土地上坐了下來,開始打起響指來。那貓毫不理會,一邊發出呻吟聲,一邊用爪子刨著土。

母貓的空肚子左搖右晃,乳頭垂著拖到了地上。仔細一看,理查發現牠的鬍鬚被剪掉了。他知道剪貓的鬍鬚就像把牠的眼睛蒙住一樣,貓要靠鬍鬚來感覺眼睛看不到的地方。

理查往樓上瞥了一眼,窗簾是拉下的。

他走到母貓窩著的地方,伸出一隻腳往地面上壓。理查的鞋陷進了鬆軟的土裡,當他

碰觸到裡面埋著的東西時，他感到自己的靈魂隨著鞋頭的雕花翼紋一起下降，轉化成了悲傷。他想著再往下還會遇到什麼。有蚯蚓，他感覺得到，還有一些小石子順勢跑進了他的襪子裡。

華德隆小姐紅疣猴

華德隆小姐是美國人，剛滿十二歲就被帶到新罕布夏州的一所寄宿學校，由修女撫養。在房間的窗口邊，她看著父親開著他那輛森林綠色的MG車離去，輪胎在碎石路上揚起一道塵土。然後，華德隆小姐轉過身去，賞了那個正在興高采烈地幫她拆行李的修女一巴掌。

這是私家偵探拍到的第一張照片：華德隆小姐伸出一隻手，頭髮和牙齒模糊一片；陽光透過她背後的窗櫺照下來，在簾子上投射出鐵窗圖案的陰影。這三名偵探來自明尼蘇達州，個個見多識廣，他們見過龍捲風，見過被人用乾草叉插死的人，但是還沒見過會打修女的女生。

華德隆小姐的父親僱了這些私家偵探去監視女兒。他們每週發一封電報，詳細報告她的日常生活——穿什麼衣服，吃哪種穀類片，幾點搭便車去了那間最近的酒館。有時候則是寄照片。他們發出去的訊息大多數得不到回音，因此他們有時不免懷疑，那父親到底有沒有看他們寄的東西。

接下來幾年，華德隆小姐不斷逃學，有時候逃得很遠，有時候很快就被抓回來。十四歲那年，她在動物園裡不見了蹤影，溜到靈長類館的樹葉堆底下躲了起來。兩天後偵探找到了她，發現她跟一個狐猴家族住在一起，拿制服跟人換了香蕉。

十五歲時，她用生日禮金僱了一架噴灑農藥的飛機。飛機降落在學校後面的田野上，教室裡正在上健美體操課，女孩們剛做完開合跳，華德隆小姐便脫隊衝了出去，一雙白皙的腿在草地上飛奔。駕駛員在火車站附近放她下機，她就在那兒加入了一個巡迴表演班。偵探回報之後第一次收到電報：到馬戲團帶她回去給修女。幾週後，他們總算在路易斯安納州趕上了華德隆小姐，當時她正在表演蒙面空中飛人。

修女拿她懲一儆百，包括要她刷馬桶、覆誦玫瑰經，並不著痕跡地誘導她的罪惡感。這些都無法阻止華德隆小姐逃學，但她們注意到，其他女生倒是因此不太敢親近她。接著，那個義大利人就來了。

瑪麗亞初抵修道院時，頂著一頭長達腰際的超濃密黑髮，還帶了一個貼身女傭，就專門負責照顧她的頭髮。她是女伯爵和園丁的私生女，喜歡用平底大玻璃杯喝杏仁利口酒，穿著特別訂做的高領洋裝，好遮掩她脖子上那塊嚇人的陰莖狀紅色胎記。

有一次，全班到銀湖去遠足，女生們各自結伴划獨木舟。她們往湖心出發時，華德隆小姐問了那義大利人平常做什麼事找樂子。瑪麗亞回過身來，差點把船弄翻，正色說道，不在佛列多身邊，我永遠不可能快樂。

華德隆小姐不久就得知，佛列多是女伯爵在她短暫的第三度婚姻中所生、瑪麗亞同母異父的哥哥。他眉毛很濃，落腮鬍從鬢角一直連到下巴。這對剛認識的兄妹才相處了三個星期，就犯下六條不赦之罪和四十七條輕罪。瑪麗亞說了他們的結婚計畫，她讓槳在水面上攪起輕柔的漩渦，同時鄭重說道，妳一定要來看我們——她那刻意低調、像在密謀什麼事的神情，使得華德隆小姐想起一部小說裡有兩個互相邀請對方到自己的鄉間別墅去小住的角色。

瑪麗亞在寄宿學校待了兩個月，這段時間華德隆小姐一次也沒有逃學。她很喜歡聽瑪麗亞談她去過的那些國家，以及佛列多在餐桌底下做了哪些事。瑪麗亞暗地裡計畫轉到倫敦的一間寄宿學校去，就在她繼兄就讀的寄宿學校附近。不想再待在什麼「新」英格蘭了，她說得很厭惡，而且說到做到。之後沒多久，她就帶著女傭和行李一起站在前廳，頭髮綁成俐落的辮子，等著司機來接。

一週後，華德隆小姐說服了一隊海軍官校生，請他們混進寄宿學校，把她偷渡出去。一個月後她又回來了（在私家偵探的護送下），同時也帶回她在潛水艇和地下酒吧的見聞，以及珊瑚礁、椰子、一張貝西·史密斯的唱片、一支黑色的長煙嘴、一雙高跟鞋，還有性病。

* * *

自從父親開著跑車把她載到寄宿學校來以後，華德隆小姐只見過他三次——兩次是聖誕節，一次是陣亡將士紀念日的野餐會。他一聽說她是爲了什麼接受治療之後，便雷霆萬鈞地來到了醫院——大衣在如風的步履中不停翻飛，頭上束著護目鏡，手裡握著皮手套。

她聽得見他沿著川堂往她房間走來的腳步聲。接下來的畫面私家偵探就沒拍到了——穿著病人袍的女孩蹲在角落裡，雙腿赤條條的，兩手搭在脖子後面；當門猛一打開，她原本望向窗外的目光瞬間往門口激射而去。

他罵她下賤的畜生，然後走過去，踢了她一腳，踢完就走了。

華德隆小姐挨著肚子上的痛處蜷成一團，聽著父親的腳步遠去。之前她已經發燒了好幾週，流過的汗在她全身上下結了一層厚厚的黏稠物。她痛得無法上廁所，乾脆不吃不喝，原本胖嘟嘟的體型開始一層層地塌縮下去，看得見她手指裡面的骨頭，摸得出她手腕的皮膚多麼緊，一雙毫無血色的腳引人注目。她覺得皮膚發燙，某些部位彷彿有粗大尖銳的針不停地、慢慢地扎進她的肉裡。她很想死了算了，結果卻被送去了英格蘭。

在精修學校，她的導師是個冷酷無情的老太婆，叫做尤普雷夫人。她曾經是個高級妓女，用鞭技巧高超，因爲慣常在宴會上把男士的背心扣子扯掉，有一段時間還小有名氣。

失去姿色之後，她便改了名字，搬到倫敦，開設了尤普雷夫人青年女子精修學校，很快地就以輔導問題少女進入社交圈而打響了名號。

華德隆小姐帶著行李箱抵達倫敦時並沒有打女傭，不過她拒絕給司機小費。司機當場鬧得不可開交，尤普雷夫人只得自掏腰包了事。為了這件不光彩的事，華德隆小姐被送到閣樓去。

閣樓的臥房只能從外面上鎖，夏天是全校最熱的房間，到了冬天又是最冷的。牆壁是橘色，天花板是紅色。女生被送到這裡來的都是為了給苦頭吃，看能不能聽話一點。

在尤普雷夫人青年女子精修學校裡，華德隆小姐慢慢熟悉了什麼時候該用哪隻叉子、束腹的規定與禁忌、進入他人房間的禮節。她學會了插花、彈豎琴，以及如何在公共場合不讓肚子發出不雅的怪聲。學校教導她如何在痛苦中微笑，如何轉頭迎向光明，如何將手擱在餐桌上。她除了練習法語、德語、西班牙語、阿拉伯語、瑞典語、義大利語某些字詞的聲調，還要學會得體的英語，因為夫人說她的口音太難聽了。

華德隆小姐被逼得差點就要向父親求助了。她寫了一封愁苦不堪的信給他，滿紙都是保證和後悔，不過沒寄出去。

她努力地想，還有哪些人可能幫得了她。其他同學都很欽佩她的豪放不羈，說起她的冒險事蹟更是嘰嘰喳喳聊個沒完，但是很少人會跨過那條線，把她當朋友看。華德隆小姐考慮了她的正音指導員、化妝指導員、美姿指導員，最後想到了那個義大利人。

她發現瑪麗亞和佛列多同居在蘇荷區的一間小公寓，兩人都宣告拋棄了繼承權。瑪麗亞的頭髮現在是自己照顧了，髮梢分叉很多，因此她在絲帶上綁了一把小剪刀，隨時掛在脖子上，每當聊天中間出現一點空檔，她就拎起那些絞在一起的亂髮，一根根修剪起來。佛列多則在街上幫遊客畫像。夜裡他們會大聲做愛，常常驚動鄰居報警。

華德隆小姐漸漸固定在週六做完懺悔之後去拜訪他們，三個人會一起在當地酒館喝到天亮。剛開始，精修學校沒有人質疑她長時間外出是在幹什麼，但華德隆小姐的父親有私家偵探，夫人也有她的直覺，於是沒多久，這夥人的行徑就被學校發現、揪了出來。

華德隆小姐柔軟白皙的臀部挨了十下鞭子，外加兩個星期只准吃燕麥粥。但爲時已晚，破壞已然造成，因爲某個晴朗的下午，在布萊頓斯海德酒館一張厚重的圓木桌旁，佛列多已經介紹華德隆小姐認識了偉大的白人獵手魏勒比・羅。

他和她原先所想的不一樣。華德隆小姐看過幾部有關獵人的電影：《泰山》和《金剛》，片中的獵人都是穿馬褲、戴遮陽帽，鬍子總是刮得乾乾淨淨，下巴中間有一道凹陷。魏勒比・羅的頭是方的，長了兩片有如女人一般薄薄的紅唇，一團濃密的虯髯蓋住了大半張臉，只有一隻耳朵，缺少的那一隻是他在南非獵鱷魚時被槍打掉的。

他說，我算幸運了，那嚮導少了一條腿，我只是昏過去而已，還學會了說：呃？他把頭歪向華德隆小姐，好奇地看著她，彷彿她剛剛說了什麼重要的話他沒聽見似的。

他的臉看起來比身體老，深刻的細紋從臉頰越過眼尾橫跨到額頭，再在眼睛四周繞上好幾圈。她看得出如果他決定要笑，有哪些地方的皮膚會皺起來。

華德隆小姐看魏勒比・羅看得愈久，愈容易聯想到各式各樣的肉——後腿排、丁骨、菲力，一塊塊冷涼厚實的紅肉層層疊疊地鑲在一起。他的肩膀粗壯孔武，背部肌肉橫生，側看形成一道弧線，壯碩的肉塊沿著脊椎兩側排列，就像一大片結實的牛腰肉。

他拉起袖子，給大家看一個螺紋刺青，那是他在巴布亞紐幾內亞一個部落的成年禮上刺的。華德隆小姐看得見他手臂上條條爆現的血管，宛如藍色的河流，在他皮膚底下分分合合地蜿蜒著。她閉上眼睛一會兒，想著自己正用手指摸著那些血管，像盲人摸著點字，並幻想那感覺大概是如同歌唱一般的吧。

後來她發現，在那衣服底下他全身都是毛，沿著脖子一路往下，越過胸膛，蔓延到肩膀，擴散到整個背部，爬滿他兩條腿，並往大腿之間集中，形成一片濃密黑暗的森林。唯一沒有毛的地方是他的臀部。

像狒狒一樣，魏勒比說道。

他的毛起初嚇著了她，她不知道該把手往哪裡擺。那些毛又粗又捲，散發出輕微的土味，聞起來像落葉堆。他帶著那一身毛刺刺地壓了上來，兩人身體上的差異讓華德隆小姐突然感覺到自己既渺小又脆弱，像個全身光溜溜的新生兒。她把手指插進他那一身毛皮之中，緊握不放。

他開始流汗之後，像變了個人似的，全身綻放出閃耀的光澤，朦朦地泛著光暈。他把臉埋在她脖子邊，身上的毛慢慢變軟而平塌下來，最後變成有如羽毛的觸感，彷彿許多絲綢做的小刷子在她身上摩擦。她身上一片濕滑，手一直從他的脖子、他的肩膀、他的背，從她想抓住的每一個地方滑掉。

事後，她站在房間角落的洗臉台前，看見自己身上全是他的毛。她的乳房和腹部餘汗未乾，上面就黏著一縷縷細小捲曲的黑毛。她伸出一根指頭從一個乳頭往另一個乳頭畫過去，留下一道清晰的軌跡，像在剃毛一樣。

你看！她說著轉過身去，但魏勒比．羅早已鼾聲連連了。

尤普雷夫人看得出發生了什麼事。華德隆小姐容光煥發得像支鞭炮似的，而且背上有一條以前沒有的拱形痕跡。大人痛打了她一頓。華德隆小姐緊咬嘴唇，抓著床緣，努力穩住身子。

私家偵探也知道了。他們跟蹤華德隆小姐到魏勒比・羅住的旅館，透過鑰匙孔看他們做愛，屏著氣看她的手在乳房上畫過去，越過報紙上緣注視她輕快地走過大廳。

幾年下來，他們對華德隆小姐產生了好感。他們一路看著她從一個瘦長的孩子，蛻變成一個個性十足的女人。有幾次他們焦急地看著她從窗口爬出去、招手搭便車上了公路時，或學會喝威士忌時，覺得她彷彿就是自己的女兒。不過他們是沉默的父母，和鬼魂差不多，只是見證人而已，他們永遠不可能叫她不要怎麼樣、不能再怎麼樣、警告她會怎麼樣，或者在她睡覺時摸摸她的頭。他們將她帶回給監護人的時候，會把手搭在她骨瘦如柴的手肘上，同時設法不表現得太過關心。

他們有時會懷疑，華德隆小姐是不是知道他們就在附近，記錄著她在校外的一舉一動。某些片刻，例如當她笑得有點猶豫，或是先朝暗處望了一眼才偷溜進門時，他們覺得她是知道的。至少他們偷偷地這麼希望──希望她在做某些勾當的時候，只是爲了給他們一些刺激的東西看。

因此，當這幾個私家偵探看見華德隆小姐手上拿著一個帽盒，站在精修學校的屋頂上時，他們互相打了幾個會意的手勢。不久，從隔壁一棟大樓滑出來一架長梯子，華德隆小姐接過來放穩，開始淩空往對面爬——離地有六層樓高；嘴裡則咬著帽盒的提把，洋裝草草縛在腰上，絲內褲就大剌剌地露在外面，全世界都看得見。

偵探們發了封電報給華德隆小姐的父親：女兒逃出尤普雷夫人學校。前往迦納。似乎談戀愛了。請指示？

結果沒得到回覆。

在前往非洲的輪船上，華德隆小姐冒充成魏勒比・羅的私人祕書。但騙不了人。夜裡，他們的淫聲穢語整艘船都能聽見，沿著鋼鐵船殼的每一道邊緣震出去，來來回回地彈進煤炭室的火爐裡，再從螺旋槳隨著海浪播送到遠方去，像鯨魚的歌聲。聽得遠征隊裡睡客艙的科學家人人輾轉反側，睡下層臥鋪的船員個個怨聲載道。

抵達目的地之後，華德隆小姐才知道非洲的每樣東西都布滿了塵土——道路、動物，甚至連人也是。魏勒比告訴她，那是故意用來擋蒼蠅的。華德隆小姐發現的確有此必要，很快就把她的洋裝跟別人交換，穿上當地的服裝——柔軟輕薄的棉織品；高跟鞋拿去跟腳夫談條件，自己則套上了魏勒比的靴子。

科學家已經事先把一切都安排妥當了。正當他們把一箱箱樣本試管和物種鑑定書籍分配給宗腳夫時，一名嚮導出現了。魏勒比似乎認識他，兩人親切地寒暄了幾句之後，魏勒比悄聲在華德隆小姐耳邊說，那人是個奴隸。進了叢林，所有的事情都是那奴隸在打理——帳棚該搭在哪裡、食物怎麼儲存、何時該生火。隨著夜色降臨，大家圍坐在火堆旁，華德隆小姐一面諦聽森林裡的各種聲響，一面仔細地觀察他。

他的皮膚好像被一條條剝掉了似的。她發現在他臉上那些粉紅的、褐的、黑的線條之中，很難看出鼻孔在哪裡——一塊塊像是起了泡的壞肉和疤痕，像蠕蟲一般縱橫交錯地爬滿了他的身體。然而，在這層皮相底下，她看得出他很壯，大約三十歲，一雙大眼炯炯有神，她注意到當他一閉上眼，眼皮就消失在那張糾結的臉上。

他並不跟大夥兒一起睡。隊上人員一旦就寢，他就爬上樹去，在粗枝間綁起一張吊床，在那裡守著火。他隨身帶著一把開山刀用來砍蛇，和一支散彈槍用來嚇阻盜獵者。

早上，華德隆小姐看著魏勒比把槍從行李中拿出來，問他那奴隸的臉是怎麼回事。他說，他曾經被鎖在烤箱裡——因爲逃跑不成，被主人抓到。他從煤灰裡被人拖出來的時候，身上的皮早已掉了大半，一個巫醫救回他的命，後來賣給了自然歷史博物館的一個主任，有遠征隊到非洲去，就派他隨隊當前哨。

你們怎麼不放了他？華德隆小姐問道。

跟我們在一起他的生活好過多了，魏勒比說。

早餐吃了培根之後，隊伍帶了一缸水和一批填滿彈藥的武器，出發進入叢林，奴隸在前面領路。華德隆小姐在後褲袋裡塞著一把細長的手槍，留意著頭頂上的樹冠。他們要找猴子。

魏勒比打下一隻黑猩猩和三隻狒狒，接著便宣布休息時間到——大家分吃罐子裡的餅乾，喝了杯淡而無味的英式早餐茶。華德隆小姐端著她的茶杯茶盤，晃悠悠地往猴子屍體那邊走去。她看著牠們從樹上掉下來的，槍火一閃，猴子就像水果一樣墜落，刷地穿過樹葉，壓斷樹枝，咚一聲滾進土裡。緊接著，鄰近其他動物紛紛倉皇逃離，窸窸窣窣夾雜著刺耳的尖叫聲，令人聽了心神不寧。她不曉得原來附近還有這麼多猴子。

華德隆小姐伸出一根手指，摸了摸那死狒狒的皺鼻子。牠嘴巴開著，血淋淋的舌頭從尖銳的犬齒間穿出，但眼睛閉得很安詳，彷彿睡著了一般。她四周張望了一下，俯下身去吻了牠。

私家偵探拍下了這一幕，用航空郵件寄給華德隆小姐的父親。他們白天都汗流浹背，拿著開山刀在叢林裡砍路，頻頻往身上噴驅蟲劑，不時還得躲野豬，帶的香菸都濕了。他們盡可能保持低姿態，用望遠鏡密切注意華德隆小姐，並開始懷疑難道沒有輕鬆一點的工作。

這段時間，華德隆小姐學著爬樹。她已經一連好幾天看著那奴隸赤腳夾著樹幹，靠著樹皮的摩擦力，一撐一撐地就推進到樹冠裡，這使她想起在馬戲團那段日子。於是，每天清晨她便開始練習，抱著樹幹扭腰擺臀地往上爬，沒兩下她就爬到離地一英尺高的地方，然後是兩英尺，三英尺。之後就開始在接近地面處搭吊床午睡了，她爬樹的本領每天都有進展，吊床也搭得一天比一天高，跑進了藤蔓裡。

黃昏時，魏勒比會出去找她。自從住進了森林之後，華德隆小姐有了一些改變，不過魏勒比早已習慣見到外人被當地人同化。有一兩次他自己就這樣過。腳夫準備晚餐時，魏勒比爲了促她現身，便高聲喊出待會兒要吃的菜：蘭姆醬什錦水果乾布丁！葡萄酒煨夏多布里昂牛排！他就這樣對著叢林呼叫。或快或慢，他就會聽見樹葉開始窸窸窣窣，接著就是她的小腳輕軟地落到地上的聲音。

華德隆小姐帶步槍了。她用空餅乾盒和瓜果當靶，練習使用較重的槍已有一段時間。她跟在魏勒比身旁走在叢林裡，這一次，當她感覺到他發現猴子的時候，槍聲和動物逃竄的聲音已經不會令她發抖。她走上前去，看著隊員把獵物的手腳綁在一起，穿過一根棍子扛在肩上。

那猴子被一槍射穿了肚子，殘破的毛皮微微泛著光澤，毛髮亂蓬蓬的交織在模糊的血肉之中，細長的手指緊緊地捏在一起，手裡什麼也沒有；臉上像戴著一副十分服貼的面具。華德隆小姐伸出手去摸牠的尾巴，那猴子瞬間翻過身來一口咬住她的手臂。

那奴隸立時舉起開山刀，往猴子的脖子一揮，因此華德隆小姐縮手時，連帶也把猴頭提了起來。

那是一種疣猴，魏勒比說道，我從來沒見過這種疣猴。他把手指伸進牠鼻子，慢慢順勢鬆開牠的上顎，再輕輕地把猴頭從華德隆小姐手臂上拿走，像在幫她解開手鐲似的。

當晚科學家們開了威士忌。他們花了一整天解剖那隻疣猴，確定牠是從未發現過的新種。魏勒比向科學家承諾，他會再幫他們打十隻來；他也向華德隆小姐承諾，這猴子將以她的名字來命名。

他們圍坐在火堆旁說些猥褻的笑話，喝到爛醉了便開始跳舞，和著用葫蘆刻成的笛子吹出的樂聲，跳著華爾滋、二步舞、法式三步舞和查爾斯頓舞，魏勒比也跟著扭屁股，華德隆小姐跳著康康舞。隊員們對著天空開槍，然後一個一個倒地，醉得不省人事。

私家偵探已經在附近的可可樹叢裡耐心地等了很久。他們收到華德隆小姐父親的一行回覆：帶猴孩子回去完成學業。

偵探們繼續在一旁等著，直到聽得見魏勒比的鼾聲爲止。在銀白色的月光下，他們朝熟睡的科學家走去。華德隆小姐一雙腳露在帳棚外，在微光中看起來宛如還沒死透的生物，像兩條剛宰的魚。偵探握住她的腳踝上方，靜靜地將她整個人拖了出來。

華德隆小姐正在作夢。她夢見躺在病床上，床單捆著她的腿，手腕上夾著猴子的骷髏頭。她可以聽見父親走過來的腳步聲。在她上方是一團長了許多眼睛的樹根。那奴隸彎下身子叫她醒來。當她果眞醒來時，發現自己正被那幾個偵探舉在頭上進入了叢林。

她覺得彷彿快要沒頂了。月光在葉隙間閃個不停，有如粼粼的波光。她聽得見偵探在泥地上疾行時發出趴答趴答的腳步聲。一大張苔蘚掠過她的臉，嘗起來像蜘蛛網的味道。她感覺到肚子裡有個沉沉的東西，就在父親踢她的地方，糾結得密密實實，像一塊石頭。

她手臂上的齒痕開始尖叫了，華德隆小姐聽見了聲音，也開始反抗。她使勁掙扎，又是拳打腳踢，又是張口亂咬。她現在已經是個成熟的女人了，三個偵探得花上全部的力氣才制得住她。

頭上有影子，她知道那其中一定有什麼枝幹可以讓她抓。華德隆小姐伸直了手，希望能撈到一根樹枝，她想像那些樹也都把枝椏伸過來要抓她。一根根的長臂在黑暗中追趕著。她的指尖碰觸到樹皮，碰觸到茸毛，碰觸到皮膚。接著，她感覺到某個東西抓住了她的手，將她騰空拉進了樹冠裡。

華德隆小姐失蹤了，那奴隸也失蹤了。魏勒比・羅破開爬藤，鑽進每一處灌叢，翻開每一堆落葉，搜遍了整個叢林，他傷心欲絕。科學家認爲，華德隆小姐因爲被猴子咬了一口而發瘋了。

接下來幾週，私家偵探們一直在魏勒比的營地旁盯梢，希望能再度逮到她。他們跟蹤遠征隊的搜救小組，甚至還學著爬樹，互相用肩膀把同伴頂高，抓住藤蔓。他們在森林裡到處採指紋，從白天搜尋到深夜，直到最後實在束手無策了，才忐忑不安地通知她父親女兒逃脫的消息。他們立即收到回覆：沒香蕉吃了。你們被開除了。

他們決定繼續找。

這群私家偵探聯繫了其他私家偵探，找來了間諜，尋求特殊管道的協助。他們接洽了特務、雙面諜、賞金獵人、童子軍等任何有可能見到蛛絲馬跡的人，向對方探詢消息。他們布下了天羅地網，靜靜地等候回音。

接獲密報了，有人見到華德隆小姐騎著一匹駱駝前往埃及，偵探們立即戴上呢帽離開叢林，但當他們抵達沙漠時，她的足跡已經化爲塵土。數週後，有人目睹華德隆小姐出現在喀什米爾的一座印度廟附近。再過一個月，她現身巴布亞紐幾內亞。六個月後，她乘雪橇穿過育空地區，全身裹著獸皮，趕著狗兒往前跑，臉上掛著微笑，偶爾踢一踢靴子。

偵探屢屢撲空，一直沒找到她。幾年過去了，他們被漫無目標的奔波弄得筋疲力盡，最後，他們搬回明尼蘇達州，當了警衛。他們在動物學課本和《靈長類月刊》上讀到關於她的疣猴的報導。以前那些老眼線有時候還會通報一下——有人聽說、或是聞到、或是看見有個華德隆小姐出現在樹上。這些目擊消息愈來愈少，間隔也愈來愈久，終至完全不再聽聞。

後記：

華德隆小姐紅疣猴（學名 *Procolobus badius waldroni*）原產於迦納及象牙海岸，科學家首度描述這種動物是在一九三六年，當時根據的是大英博物館一位名爲魏勒比・P・羅的採集者在一九三三年所獵得的八隻樣本。羅以一位名爲F・華德隆小姐的姓氏，將這種疣猴命名爲「華德隆小姐」，文獻上僅簡單記載這位小姐是羅先生的「旅伴」。華德隆小姐紅疣猴已於二〇〇〇年宣告絕跡，但二〇〇二年在西非一處市場上出現了一張剛取下不久的疣猴皮，提高了這種疣猴依然存在的可能性。

本故事約略參考史實，但所有人物與事件皆爲虛構。

LINK 06

動物怪譚

作　　者	漢娜・亭蒂（Hannah Tinti）
譯　　者	黃正綱
總 編 輯	初安民
責任編輯	張紫蘭
校　　對	賴志銘
美術編輯	黃昶憲
發 行 人	張書銘
出　　版	INK 印刻文學生活雜誌出版有限公司 台北縣中和市中正路 800 號 13 樓之 3 電話： 02-22281626 傳真： 02-22281598 e-mail:ink.book@msa.hinet.net
網　　址	舒讀網 http://www.sudu.cc
法律顧問	漢廷法律事務所 劉大正律師
總 代 理	成陽出版股份有限公司 電話： 03-2717085（代表號） 傳真： 03-3556521
郵政劃撥	19000691　成陽出版股份有限公司
印　　刷	海王印刷事業股份有限公司
出版日期	2009 年 8 月　初版
ISBN	978-986-6377-03-7

定價　260 元

國家圖書館出版品預行編目資料

動物怪譚／漢娜・亭蒂（Hannah Tinti）著；
黃正綱譯. --初版, --台北縣中和市：
INK 印刻文學, 2009.8
面；　公分. --（LINK ；6）
譯自： Animal Crackers
ISBN 978-986-6377-03-7（平裝）

874.57　　98011145

INK INK INK INK INK INK
NK INK INK INK INK INK IN
INK INK INK INK INK INK
NK INK INK INK INK INK IN
INK INK INK INK INK INK
NK INK INK INK INK INK IN
INK INK INK INK INK INK
NK INK INK INK INK INK IN
INK INK INK INK INK INK
NK INK INK INK INK INK IN
INK INK INK INK INK INK
NK INK INK INK INK INK IN
INK INK INK INK INK INK
NK INK INK INK INK INK IN
INK INK INK INK INK INK
NK INK INK INK INK INK IN
INK INK INK INK INK INK
NK INK INK INK INK INK IN
INK INK INK INK INK INK
NK INK INK INK INK INK IN
INK INK INK INK INK INK
NK INK INK INK INK INK IN
INK INK INK INK INK INK
NK INK INK INK INK INK IN